KB012187

SPY ROOM

code name

화원

스파이 교실

나를 사랑한 스파이 선생님

단편집

02

스파이 교실

나를 사랑한 스파이 선생님

단편집

02

저자 **타케마치**

일러스트 **토마리**

SPY ROOM

the room is a specialized institution of mission impossible
the spy teacher who loved me

CONTENTS

프롤로그 나를 사랑한 스파이 선생님

딱, 하고 높은 소리가 났다.

티아는 주위의 흙을 삽으로 조심스레 제거했다. 땅에서 나온 것은 작은 철제 상자였다. 크기는 양손에 올릴 수 있을 정도. 삽을 내던지고 상자를 들었다.

철제 상제에는 자물쇠가 달려 있었다.

눈이 크게 뜨였다.

"정말로 있었어……."

티아는 동료가 준비해 준 금속 탐지기로 아지랑이 팰리스라고 불리는 저택을 샅샅이 뒤졌다. 사흘간 찾아도 발견되지 않아서 저택에는 없을지도 모른다고 포기하려던 때에 정원 화단에서 마침내 나왔다.

티아는 숨을 삼켰다.

심호흡한 후, 천으로 싸 둔 것을 품에서 꺼냈다.

"홍로 씨가 준 열쇠……."

저도 모르게 빤히 바라보고 말았다.

—전설적인 스파이팀 『화염』의 전 보스.

—세계 최고의 스파이라고 불리며, 세계 대전의 종결에도 공헌한 전설적인 스파이.

—예전에 티아를 구해 준 은인.

그녀가 티아의 인생에 끼친 영향은 이루 헤아릴 수 없었다. 유괴당한 티아를 구출하고 스파이로서의 목표를 줬다. 『보라개미』와 사투를 벌였던 미타리오에서는 목숨이 다하기 직전에 티아에게 희망을 맡겼다.

'그러고 보니…….'

그녀를 떠올리니 문득 의문이 들었다.

'……홍로 씨는 어째서 선생님이 나를 미타리오로 데려올 거라고 생각했을까?'

의문이라면 의문이었다.

무자이아 합중국의 수도 미타리오에서 홍로는 『보라개미』에게 살해당하기 직전에 「흑발의 영웅」이라는 도시 전설을 남겨 『보라개미』의 지배에 빈틈을 만들어 냈다.

하지만 너무 수월하게 풀렸다는 느낌도 없잖아 있었다.

정리해 봤다. 『홍로』가 예견했을 미래를.

【미래① 『보라개미』의 부하 롤랜드=『시체』가 클라우스와 접촉한다.】

→예상할 수 있다. 애초에 그녀는 그렇게 되도록 그에게 암시를 심었던 것 같다.

【미래② 홍로가 죽은 미타리오에 클라우스가 온다.】

→예상할 수 있다. 클라우스는 확실하게 롤랜드를 격퇴하고 정보를 알아낼 테니까. 클라우스가 얼마나 강한지를 생각하면 당연히 찾아올 미래다.

【미래③ 클라우스가 미타리오에 가면서 새로운 팀을 결성한다.】

→아마도 예상할 수 있다. 롤랜드가 말하길, 홍로는 자신이 배신 당했다는 사실을 알고 있었다고 했다. 『화염』의 괴멸도 충분히 추측할 수 있었을 테고, 클라우스가 새로운 팀을 만드는 것은 예상 가능하다.

【미래④ 클라우스가 결성할 새로운 팀에 티아가 가입해 있다.】

→무리 아닌가?

그랬다. 마지막이 불명확했다.

티아가 『등불』을 찾아온 것은 『홍로』가 죽은 뒤다. 그녀가 그걸 알 방법은 없었다. 하지만 『홍로』는 그러리라고 확신한 것처럼 미타리오에 포석을 깔았다. 어떻게 미래를 알아맞힌 걸까.

납득이 가지 않았다.

'……뭐, 생각해 봤자 소용없지. 『홍로』 씨라면 논리를 넘어선 힘이 있었을지도 몰라.'

그렇게 자신을 타이르고서 들고 있는 상자에 집중했다.

—나를 뛰어넘을 소녀에게.

『홍로』는 죽기 전에 티아에게 선물을 준비했다. 그건 짧지만 힘 있는 문장과 어디다 써야 할지 알 수 없는 열쇠였다.

그게 어디 열쇠인지는 클라우스도 몰랐다.

그래서 티아는 아지랑이 팰리스 전체를 찾아다녔다. 그리고 마침내 그럴싸한 상자를 찾아냈다.

침을 꼴깍 삼키고서 자물쇠에 열쇠를 넣었다. 찰칵 소리가 경쾌하게 울렸다.

신음이 흘러나왔다.

드디어 도달했다. 『홍로』가 맡긴 선물에.

당장 열고 싶은 마음을 억누르고 상자를 방으로 가져왔다. 신중하게 열어 봤다. 안에는 나무 상자가 들어 있었다. 내부에 물이 스며들지 않도록 상당히 엄중하게 보호한 것 같았다.

티아는 그 나무 상자를 열었다.

"……사진?"

안에 들어 있던 것은 풍경 사진 몇 장이었다. 건물이 찍혀 있었다. 2층짜리 목조 건물이었다. 왠지 기시감이 들지만, 이런 건물은 전 세계에 얼마든지 있다. 특정할 수 없었다.

사진 뒷면에 뭔가 적혀 있었다.

《클라우스는 너를 .》

"어……?"

눈이 휘둥그레졌다. 설마 여기서 클라우스의 이름이 나올 줄이야.

기묘한 문장이었다. 가장 중요한 부분이 비어 있었다. 그 부분만 부식된 것 같지는 않았다. 처음부터 적지 않았을 것이다.

티아는 작게 한숨을 쉬었다.

역시 홍로 씨라고 해야 할까. 간단히 선물을 주지는 않으려는 모양이다.

메시지의 의도를 헤아렸다.

"……스스로 추리하라는 뜻이려나."

—세계는 아픔으로 가득하다.

세계 대전으로부터 10년. 각국이 군대가 아니라 스파이로 자국의 이익을 추구하게 된 시대. 소국인 딘 공화국도 첩보 기관을 설립하여 각국에 첩보원을 보내고 있었다.

『등불』은 그 기관 중 하나였다. 양성 학교의 낙오자인 여덟 소녀와 클라우스라는 남성 보스로 구성된 특수한 팀이었다.

그들은 무자이아 합중국에서 강적 『보라개미』 포박에 성공하고, 숙적인 가르가드 제국의 스파이 기관 『뱀』의 실마리를 잡았다. 이후로 한 명도 빠짐없이 귀국하여 휴가를 만끽 중이었다.

그리고 휴가 중에 『홍로』의 유언을 발단으로 어떤 소동이 발발하려고 했다.

『등불』의 본거지, 아지랑이 팰리스에 괴물이 돌아다니고 있었다.

아지랑이 팰리스는 구석구석까지 호화로운 휘황찬란한 저택으로, 딱 봐도 주민의 우아한 생활이 연상되는 훌륭한 건물이었다. 하지만 그런 건물과는 어울리지 않는 존재가 활보하고 있었다.

긴 흑발이 사방팔방으로 뻗쳐 있어서 마치 검은 덩어리가 꿈틀거리는 것처럼 보였다. 그 머리카락 틈으로 보이는 얼굴은 시체처럼 창백했고 눈 밑에는 짙게 그늘이 져 있었다. 그리고 생기 없는 입으로 헛소리를 내뱉듯 뭐라고 계속 중얼거리고 있었다.

"……그 공란에 들어가는 말은 뭐지. ……노리고 있다? ……알고 있다? ……보고 있다? ……으으, 힌트도 없고…… 이, 일단 종이에 적어 보자……."

티아였다.

원래는 흑발에 윤기가 흐르고 굴곡 있는 몸매를 자랑하는 듯한 태도를 보이는 소녀지만, 지금은 그런 모습을 찾아볼 수 없었다.

—그녀는 사흘 내내 『홍로』의 유언을 계속 생각했다.

하지만 이렇다 할 답이 나오지 않아서 마구잡이로 아이디어를 늘어놓고 있었다. 밥도 안 먹고 씻지도 않으며 방에 틀어박혀 있다가 이따금씩 으스스한 중얼거림과 함께 복도를 배회하고 방에 돌아갔다.

남들이 보기엔 그저 꺼림칙할 뿐이었다.

"티아는 오늘도 상태가 안 좋네요."

그렇게 식당에서 태평하게 말한 사람은 『화원』 릴리— 사랑스러운 외모와 풍만한 가슴이 특징인 은발 소녀였다.

일단 소녀들의 리더인 릴리는 줄곧 티아를 걱정하고 있었다.

"내버려 둬. 본인이 도와달라고 하지도 않잖아."

차갑게 대꾸한 사람은 『빙인』 모니카— 비대칭적인 청은발 말고는 특징을 지운 듯한 소녀였다.

릴리와 모니카는 아침밥으로 토스트를 먹으며 대화를 나눴다.

"하지만 점점 귀신 같아지고 있어요. 밤에 만나면 『악령아, 물렀거라』 하고 외치고 싶어진다고요."

"어젯밤에는 에르나가 기겁해서 울먹거렸어."

"실제로 피해자가 나오고 있잖아요!"

"그냥 내버려 둬. 나는 휴가를 만끽하는 게 더 중요해."

쌀쌀맞게 말하고서 토스트를 다 먹은 모니카는 바로 식당을 떠났다. 방에 돌아가서 책이라도 읽으려는 것이리라.

확실히 본인이 자발적으로 저러고 있는 것이니 다른 사람이 참견할 수 있는 문제는 아니었다.

그보다도 자신의 휴가를 우선해야 했다. 벌써 오전 여덟 시지만 아직 안 일어난 소녀도 많았다. 늦잠을 만끽하고 있는 것 같았다.

'그렇죠. 저도 오늘은 수도까지 나가 볼까요.'

그렇게 생각하고 릴리도 방으로 돌아갔다.

오랜만에 즐기는 휴가였다. 가끔은 예쁜 옷을 입고서 동료와 함께 디저트 가게를 도는 것도 괜찮을 것 같았다. 혼자서 훌쩍 여행을 떠나도 즐거울 것이다. 실은 아무 생각 없이 멍하니 하늘을 바라보는 시간도 좋아했다.

차례차례 떠오르는 휴일 계획에 설레는 가슴을 안고서 릴리는 방으로 돌아갔다. 원래 쓰던 방은 미타리오 임무 전에 폭파됐기에 빈방이었던 곳을 새로운 본거지로 삼은 상태였다.

문을 열자 종이 한 장이 바닥에 놓여 있었다.

어라? 하고 생각하며 주워 드니 거기에는 간결한 문장이 적혀 있었다.

《클라우스는 너를 사랑한다.》

"……."

릴리는 그 문장을 바라보며 한동안 굳어 있었다.

—이것은 물론 말할 것도 없이 티아가 적은 문장이었다. 티아는 『홍로』의 유언을 추측하여 닥치는 대로 종이에 적고 있었다. 의식이 몽롱한 상태로 저택을 배회하던 그녀는 종이를 떨어뜨렸고, 그 종이가 우연히도 문틈으로 들어가 릴리의 방에 숨어든 것이다.

알고 보면 그게 다인 해프닝이었다.

하지만 티아에게 아무런 말도 듣지 못한 릴리는 『홍로』의 유언을 몰랐다. 난데없이 방에 놓인 편지—라기보다 고발문으로 보이는 문장과 마주했다.

그 내용을 그대로 받아들인다면—.

'클라우스 선생님은…… 나를 사랑해……?'

그렇게 읽혔다.

누가 보냈는지는 불명이었다. 누군가가 클라우스의 본심을 알아차리고 릴리에게 전하려는 것 같았다.

"으에에에에에에에에에에에에에에에에에에에엑?!"

아지랑이 팰리스에 릴리의 절규가 울렸다.

첫 번째 오해.

복도에서 괴로워하는 릴리 곁으로 두 소녀가 달려왔다.

"릴리 언니, 왜 그래?"

"나님, 뭔가 재미있는 예감이 들어요!"

인형처럼 아름다운 자그마한 금발 소녀―『우인』 에르나.

오른쪽 눈에 커다란 안대를 찬 기발한 외양의 회분홍 머리 소녀―『망아』 아네트.

두 소녀가 본 것은 얼굴이 새빨개져서 갈지자로 흐느적흐느적 복도를 걸으며 벽에 마구 부딪치는 릴리였다. 어떻게 봐도 이상 사태였다.

일단 두 사람은 릴리의 몸을 붙잡았다.

"진정해. 걱정돼!"

"누님, 실토하세요! 무슨 일이 있었던 건가요?"

두 사람은 좌우에서 릴리에게 매달렸다.

"이, 이, 이……."

릴리는 말문이 막힌 것 같았다. 뻔뻔한 멘탈을 가져서 아무리 궁지에 몰려도 당당한 릴리치고는 보기 드문 일이었다.

""이?""

"그러니까!"

릴리가 외쳤다.

"이, 이렇게 된 거예요!"

릴리는 에르나와 아네트를 뿌리치듯 몸을 비틀더니 종이 한 장을 두고서 전속력으로 뛰어가 버렸다. 그녀는 눈 깜짝할 사이에 복도 끝자락에 도착하여 계단 너머로 사라졌다.

남겨진 에르나는 고개를 갸웃했다.

"대체 무슨 일이 있었던 거야?"

"나님, 이 종이를 보면 해결될 것 같아요!"

아네트는 릴리가 두고 간 종이를 펼쳤다.

아무래도 릴리를 고뇌에 빠뜨린 건 이 종이인 것 같았다.

《클라우스는 너를 사랑한다.》

"응……?"

"음?"

에르나와 아네트는 동시에 고개를 갸웃했다.

"누구한테 쓴 거지?"

"누구냐니…… 릴리 누님이 우리한테 준 편지죠……?"

릴리는 다름 아닌 두 사람에게 이걸 건넸다. 이걸 읽고 사태를 헤아리라는 것처럼.

평범하게 생각하면 이 문장의「너」는 에르나나 아네트를 가리키는 것이 틀림없었다.

두 사람은 멍하니 입을 벌렸다.

"즉, 이 내용은……."

"……클라우스 형님이 나님 혹은 에르나를 사랑한다는 뜻?"

그런 결론에 다다랐다.

"""————————————————————————————!!"""

그리고 두 사람은 동시에 소리 없는 비명을 질렀다.

두 번째, 그리고 세 번째 오해.

이리하여『홍로』의 유언은 여러 가지 우연을 거쳐 엉뚱한 오해를 만들어 나간다.

이것은 휴가 중에 발생한, 오해가 오해를 낳은 소동의 기록.

알 수 없는 유언 때문에 고민하는 티아, 그리고 생각지 못한 진실(?)을 마주하게 된 아네트는 자연스럽게 지난 나날을 상기했다.

1장 case 아네트

“나님, 아르바이트할 거예요!”

아지랑이 팰리스의 식당에서 아네트가 당당히 선언했다.

그녀의 동료인 일곱 소녀가 그 선언을 들었다.

시간이 멈춘 것처럼 다들 아연해하며 움직이지 않았다. 무슨 소리인지 이해할 수 없어서 입이 헤벌어졌다. 들고 있던 포크가 떨어졌다.

—아네트가 아르바이트?

머리에 접수되지 않는 말이었다.

대표하듯 티아가 물었다.

“으음…… 농담이 아니라?”

“나님, 진심이에요!”

아네트가 폴짝거리며 대답했다.

“갑자기 웬 아르바이트?”

“나님, 돈이 필요해졌어요!”

“애초에 어디서 일하려고?”

“레스토랑이요!”

“선생님한테 허락은 받았니?”

“네! 나님, 오늘 면접 보러 갈 거예요!”

"아, 그렇구나……."

티아는 고개를 끄덕일 수밖에 없었다.

그러고 나서 오른쪽에 있는 소녀의 볼을 꼬집었다. 꼬집힌 소녀도 오른쪽에 있는 소녀의 볼을 꼬집었고, 그 소녀도 또 오른쪽에 있는 소녀의 볼로 손을 뻗어서…… 아네트를 제외한 일곱 소녀가 원을 그리듯 동료의 볼을 꼬집어 마침내 꿈이 아니라는 것이 판명됐다.

그렇구나. 아무래도 현실인 모양이다.

아네트가 앞으로 음식점에서 아르바이트를 한다.

""""""""아니, 아니, 아니, 아니!"""""""""

일곱 소녀가 동시에 태클을 걸었다.

암살자 『시체』를 붙잡고 아네트의 모친 소동이 해결된 직후.

여러 수라장을 경험한 『등불』은 『시체』 롤랜드가 실토한 정보를 토대로 다음 임무 장소를 무자이아 합중국의 수도 미타리오로 정했다.

임무 장소에 잠복한다는 『뱀』과의 결전에 대비해 열심히 준비하던 시기였다.

『등불』은 선발조와 비선발조로 한 달 가까이 멤버가 나뉘어 있었다가 여덟 소녀가 다 모이면서 사기는 올라가 있었다.

가자. 무자이아 합중국!

싸우자. 『보라개미』!

릴리가 선도 역할을 맡으며 일동은 의욕을 보였다.

소녀들은 미타리오에서 잠복할 곳을 확인하고, 언어를 복습하고, 신분증을 위조해 나갔다. 클라우스는 긴급한 국내 임무를 처리하며 국외에서 장기간 체재할 태세를 갖추고 있었다.

명명하자면— 미타리오 결전 준비 기간.

아네트의 아르바이트 소동이 일어난 것은 그런 타이밍이었다.

시간을 거슬러 올라가 열 시간 전—.

클라우스는 어떤 방의 소파에 앉아 있었다.

넓이에 비해 가구가 적은 공간이었다. 장엄한 붉은 카펫 위에 있는 것은 테이블과 소파 두 개뿐. 테이블 위에는 커피서버나 커피밀 같은 설비와 재떨이뿐이었다. 두 사람이 마주 앉아 이야기하기 위해 만들어진 공간이었다. 소파에서 벽까지 거리가 있기에 설령 벽에 도청기를 설치하더라도 대화가 누설될 일은 없었다.

"여전히 당신이 끓인 커피는 맛이 없어."

클라우스는 숨기지 않고 못마땅함을 표현했다. 장신 장발의 아름다운 남성이었다. 소파에 다리를 꼬고 앉아 다소 위압적인 태도로 커피를 홀짝이고 있었다.

맞은편에는 로맨스그레이의 중후함을 풍기는 남성이 앉아 있었다.

"너는 말이 거침없군."

C라는 호칭으로 불리는 남자였다. 딘 공화국의 첩보 기관— 대외정보실의 실장을 맡은 이른바 스파이 마스터였다.

일단은 클라우스의 상사에 해당했다.

클라우스와 C는 대외정보실의 실장실에서 마주 앉아 있었다.

"아무튼 용건은 뭐야?"

클라우스가 말했다.

갑작스러운 호출이었다. C가 직접 전하는 임무는 기본적으로 좋은 예감이 들지 않았다.

C는 어깨를 으쓱였다.

"너는 조금 긴장을 풀어야 해. 요즘 제대로 쉬지도 않잖아?"

"어떤 상사가 임무를 떠넘기니까."

"어차피 임무가 없어도 너는 일하겠지."

"부하를 교육하는 데 시간을 할애하고 싶어. 나는 이 얘기를 이미 마흔세 번이나 했을 텐데."

"처음 듣는군."

걷어차면 안 될까.

그런 충동이 들었지만 클라우스는 참았다. 상대는 일단 상사였다.

"아무튼 좋은 소식이 있어."

C는 온화하게 웃었다.

"드디어 네가 원하던 임무를 제공할 수 있을 것 같아."

"내가 원하던 임무?"

"너무 위험하지 않으면서 경험을 쌓을 수 있는 임무를 받고 싶다고 저번에 말했었잖아?"

"아아, 그랬지."

클라우스는 아직 경험이 부족한 소녀들을 위해 훈련이 될 만한 임무를 받고 싶어 했었다. 저번에 말했을 때 C는 『그런 편한 임무는 없다』라고 일축했었지만.

"준비했어. 고마워해."

그렇게 말하고서 C는 파일 하나를 건넸다.

클라우스는 내용을 확인했다. 확실히 부하들에게 딱 맞는 난이도였다. 많이 위험하진 않지만 다소 긴장감도 주는 임무였다. 실전 경험이 부족한 소녀들에게 딱 좋았다. 미타리오에 가기 전에 좋은 훈련이 될 것이다.

하지만 신경 쓰이는 점이 있었다.

"심부름 같은 임무야."

"……."

"고마워하고 자시고, 잡무를 떠넘겼을 뿐이잖아. 이런 양성 학교 훈련 수준의 일을, 굳이 나를 불러서 전달하는 이유가 뭐야?"

"……."

C는 슬쩍 커피를 마시고서 말했다.

"너한테 생색내기 위해서지."

커피를 뿌려 주고 싶었지만 클라우스는 참았다.

대외정보실 본부에서 나온 클라우스는 『등불』의 본거지로 돌아갔다.

남들 눈에 띄지 않게 지어진 장엄한 저택이었다. 2층 끝에 그의 서재 겸 침실이 있었다. 거기서 그는 넥타이를 풀었다. 오전에는 소녀들의 훈련을 봐줬고, 오후에는 C의 호출을 받았다. 기분 좋은 피로감을 느꼈다.

'뭐, 좋은 얘기인 건 틀림없지.'

이번에 전달받은 임무는 확실히 클라우스가 희망했던 대로의 내용이었다.

그는 내일부터 또 위험한 임무를 수행하러 가야 한다. 자신이 없는 동안 소녀들이 훈련으로 맡기에 딱 좋았다.

'문제는 임무의 핵심을 누구한테 맡길지인데.'

간단한 임무지만 위험은 존재한다.

최적의 멤버를 선출해야 했다.

'이왕이면 의욕적인 사람한테 맡기고 싶지만…….'

저녁밥을 만들며 생각하자 싶어서 주방으로 향했다.

"음?"

그리고 수상한 점을 알아차렸다.

방에서 인기척이 느껴졌다. 누군가가 있는 것 같았다.

'아니, 묘해……. 어째서 침입자를 눈치채지 못했지?'

클라우스의 방에는 침입자의 유무를 알 수 있는 트랩이 설치되어 있었다. 문에 머리카락을 끼워 놓고, 카펫에 일부러 먼지를 두는 등, 그 수는 열 개를 넘었다. 그러한 간이 센서에 변화는 없었다.

이유는 바로 알 수 있었다.

"**전부 기억한 건가.** 창문을 통해 방의 모든 배치를 기억하고, 침입하면서 동작한 트랩을 전부 원래대로 되돌렸어."

이런 일을 할 수 있는 사람은『등불』에 한 명뿐이었다.

"—극상이야. 아네트, 실력을 키웠구나."

그러자 침대가 꿈틀거리더니 이불을 뒤집어쓴 소녀가 튀어나왔다.

"나님, 들켰어요!"

아네트였다. 회분홍 머리를 난잡하게 묶고 커다란 안대를 찬 소녀가 해맑게 웃고 있었다.

"어쩐 일이지? 훈련인가?"

"네! 나님, 클라우스 형님이랑 같이 놀려고 왔어요!"

"그런가."

"하지만 나님, 형님을 기다리는 동안 졸려져서 그냥 안 놀래요!"

"……그런가."

생각을 읽을 수 없는 소녀였다.

행동은 늘 엉뚱했고, 기분에 따라 훈련에 참가하기도 하고 안 하기도 했다. 통찰력에 자신이 있는 클라우스도 아네트의 사고 회로는 이해할 수 없었다.

일단 클라우스를 따르는 것 같긴 하지만—.

“그런데 형님!”

아네트가 침대 위로 폴짝 올라갔다.

내려오라고 해도 듣지 않을 것 같았기에 「왜?」 하고 반문했다.

“나님, 용돈이 필요해요!”

“음?”

“나님, 만들고 싶은 기계의 부품을 사다 보니까 급료를 다 썼어요!”

“……너희 계좌에는 상당히 높은 급여가 지급됐을 텐데.”

한숨을 쉬었다.

스파이의 성공 보수는 고액이다. 다음부터는 자신이 관리해야 할까.

“안타깝지만 다른 돈은 줄 수 없어. 그래, 원한다면 힘으로 뺏어 봐.”

“나님, 형님을 폭살하겠어요!”

“……너는 망설임이 없군.”

아네트가 즉각 폭탄을 꺼냈기에 담요로 묶어서 침대 위에 굴렸다. 아네트는 즐겁게 다리를 바동거리며 「나님, 졌어요!」 하고 외쳤다.

클라우스는 목덜미를 문질렀다.

‘이 문제아를 어떻게 해야 할까…….’

급여가 바닥난 것은 불쌍하지만, 용돈을 주더라도 바로 다 쓸 것이다. 그러나 내버려 두면 말썽을 일으킬지도 몰랐다. 태연하게 권총을 팔아넘길 것 같았다.

번뜩 생각이 떠올랐다.

C에게 받은 잠입 임무.

클라우스는 「아네트, 괜찮으면 아르바이트라도 해 볼래?」 하고 물었다.

그리하여 서두에 이른 것이다.

식당에서 아네트의 아르바이트 선언을 들은 소녀들은 일제히 클라우스의 방으로 갔다. 대체 어떻게 된 건지 설명을 들어야 직성이 풀릴 것 같았다.

"선생님! 아네트가 아르바이트라니 어떻게 된 거죠?!"

그렇게 외친 사람은 릴리. 소녀들의 리더였다.

릴리가 선두에 서서 팀의 보스에게 따지며 이유를 물었다.

「간단한 잠입 임무야」 하고 클라우스가 대답했다.

"잠입?"

"아네트가 일할 곳은 2년 전에 제국의 스파이가 마약 거래에 이용했던 음식점이야. 이미 끝난 안건이지만, 건전한 가게로 돌아왔는지 확인해야 해."

듣자 하니 심부름 수준의 임무인 것 같았다.

가르가드 제국의 스파이가 자금을 조달하는 데 이용했던 가게로, 가게 주인이 관여해 있었다. 이제 손을 씻은 것 같지만, 일단 확인해야 했다.

"아네트는 2주 정도 아르바이트를 할 거야. 알바비는 본인 용돈으로 써도 된다고 하니 의욕을 보이더군."

"사, 사정은 알겠어요. 하지만 괜찮을까요?"

릴리는 불안한 듯 눈썹을 찌푸렸다.

"알바는 고사하고, 아네트는 집안일도 제대로 못 하는데요……."

릴리에게 동조하듯 다른 동료들도 각각 주장했다.

"요전번에 창문 닦으라고 시켰더니 창틀째 날려 버렸어."

"……채소를 사 와 달라고 부탁했더니 씨앗을 잔뜩 뿌렸죠."

"빨래를 시켰더니 어째선지 스팽글을 잔뜩 달았어."

"내 옷은 간호사복으로 개조되어 있었어."

"어머, 나는 수녀복이었어."

소녀들은 아네트가 벌인 여러 가지 기행을 이야기했다. 아네트의 괴짜 에피소드는 셀 수 없이 많았다. 양성 학교에서 바로 퇴학당하지 않은 게 신기할 만큼 자유분방했다. 양성 학교의 낙오자 집단인 『등불』에서도 한층 이채를 발하는 존재였다.

—『등불』 최대의 문제아.

그게 아네트였다.

소녀들은 서로 얼굴을 마주 보고서 「요리에 폭약을 넣는 거 아니야?」「주방을 무기고로 개조할 것 같아」「애초에 면접에서 떨어지겠지」 하고 예상하며 불안을 공유했다.

클라우스는 한숨을 쉬었다.

"아무리 아네트가 엉뚱해도 너희가 걱정하는 사태는 일어나지 않을 것 같지만……."

입가에 손을 올리고 잠시 생각했다.

"……그래, 최소한 두 명 정도는 감시가 필요하겠지."

""""""""""어?""""""""""

"참고로 나는 다른 임무가 있어서 참가할 수 없어."

클라우스는 근처에 있던 종이를 일곱 장으로 찢고 그중 두 개에 만년필로 ○를 그려서 소녀들에게 내밀었다.

"아네트와 함께 일할 사람은 제비뽑기로 정하기로 하지."

소녀 전원이 숨을 삼켰다.

지옥행 특급 티켓이었다.

신이시여, 하고 기도하며 가슴 앞에 성호를 그었다. 신앙심을 있는 대로 긁어모아 중얼중얼 빌고서 소녀들은 떨리는 손으로 제비를 뽑았다.

그렇게 감시 역할로 뽑힌 사람은—.

"싫어어어어어어어어어어!"

뽑은 순간 주저앉은 릴리와.

"노오오오오오오오오오오?!"

이런 운이 따라 주지 않는 에르나였다.

이리하여 아네트, 릴리, 에르나의 아르바이트 겸 잠입 임무가 시작되었다.

닷새 후—.

아지랑이 팰리스에 악몽이 찾아와 있었다.

홀에서 두 소녀가 파랗게 질려 있었다.

“야, 대체 무슨 일이 벌어지고 있는 거야……?”

한 명은 늠름하고 날카로운 눈초리가 특징인 백발 소녀— 지비아였다. 그녀는 자신의 어깨를 끌어안고서 떨고 있었다.

“모르겠어…… 나는 이제 전혀 모르겠어.”

다른 한 명은 티아였다. 그녀는 눈물을 글썽거리며 의자 위에서 무릎을 끌어안고 있었다.

그녀들이 두려워하고 있는 것은 물론 아네트의 아르바이트 때문이었다.

아네트를 포함한 세 사람은 무사히 면접에 합격하여 당일부터 바로 일하기 시작했다. 웨이트리스로서 훌륭하게 직장에 잠입한 것 같았다.

그리고— **네 사람의 정신이 붕괴됐다.**

먼저 이상해진 것은 아네트를 감시하는 역할인 릴리와 에르나였다.

“아포오오오오오오오……”

“노오오오오오오오오……”

두 사람은 일하고 돌아오자마자 넋이 나간 것 같은 소리를 내더니 침대에 누웠다.

"아포오오오오오오오……."

"노오오오오오오오오……."

그리고 이튿날에는 또 어디를 보고 있는지 알 수 없는 얼굴로 흐느적흐느적 일하러 갔다.

호러 소설 같은 광경이었다.

옆에서 아네트가 씩씩하게 웃으며 「나님, 알바 다녀올게요!」 하고 손을 흔들었기에 더욱 섬뜩했다.

아르바이트하는 곳에서 무슨 일이 벌어지고 있다!

그것도 상당히 위험한 일이!

지비아와 티아는 창백해졌다.

호기심보다도 공포심이 훨씬 컸다. 아르바이트하는 곳에 절대 접근하지 않겠다고 결심했다. 자신의 목숨이 최우선이었다.

다른 동료들도 절대 보내지 않겠다고 맹세했지만—.

"그럼 나는 아네트가 일하는 데 가서 놀려 주고 올게."

"……그렇군요. 저도 갈게요."

—임무가 시작되고 사흘 후, 움직이는 동료가 나타나고 말았다.

한 명은 모니카였고, 다른 한 명은 사지가 가늘며 유리 세공 같은 아련함을 풍기는 빨간 머리 소녀— 그레테였다.

그녀들은 용감하게도 레스토랑에 가려는 것 같았다.

당연히 지비아는 말렸다.

"그, 그만둬. 마음이 『아포오오오오』 상태가 될 거야!"

모니카는 상대하지 않고 의기양양하게 웃었다.

"재밌어 보이잖아. 아네트에 의해 엉망진창이 되는 음식점이라니, 사흘 밤낮은 웃을 수 있을 거야."

그레테도 고개를 끄덕였다.

"……간단하긴 해도 보스가 맡긴 임무예요. 대충 할 수 없어요."

제지도 듣지 않고 그녀들은 나갔다.

일단 일말의 희망도 있었다.

모니카는 소녀들 중에서 가장 우수한 실력을 가졌다. 어떤 상황에도 대응할 수 있는 뛰어난 안정력이 있었다.

그레테는 팀 제일의 두뇌였다. 또한 클라우스에게 강한 연심을 품어서 그를 위해서라면 남다른 인내력을 발휘했다.

두 사람이라면 정보를 가지고 돌아올 터!

그런 작은 기대가 있었다.

"카아아아아아아……."

"호오오오오오오……."

결과는 예상대로였다.

두 소녀는 넋이 나간 얼굴로 돌아왔다. 그대로 자기 방에 있는 침대에 쓰러져서 일어나지 않았다.

릴리, 에르나, 모니카, 그레테의 멘탈이 차례차례 붕괴됐다. 목숨을 건 임무도 극복한 소녀들이 한 방에 녹아웃된 것이다.

—그리하여 지비아와 티아는 미지의 공포에 떨고 있었다.

"대체 무슨 일이 벌어지고 있는 거야!"

견디지 못하고 티아가 비명을 질렀다.

"일하는 곳은 평범한 레스토랑이잖아? 흑마법 집회가 아니라!"

"……모르겠어. 모든 게 수수께끼야."

지비아는 고개를 가로저었다.

"하지만 원인은 아네트밖에 없지."

"가게에서 날뛰고 있는 걸까?"

"그럼 당연히 잘렸을 거야."

"그렇지. 아네트는 오늘도 씩씩하게 일하러 갔어……."

가장 큰 의문은 이 상황에서도 세 사람의 아르바이트가 계속되고 있다는 점이었다.

점장의 약점을 잡은 거라는 생각밖에 안 들었다. 아네트라면 그럴 만했다.

"……내 눈으로 직접 확인할 수밖에 없나."

"나는 싫어! 심연을 들여다봐선 안 돼! 빨려 들어갈 거야!"

"하, 하지만 보러 갈 수밖에 없잖아."

"나는 『아포오오오오오』 상태가 되고 싶지 않아! 『호오오오오오』 상태도! 『토포오오오오오』 상태도!"

"『토포오오오오오』 상태가 된 녀석은 없어."

지비아의 제안에 티아는 떼를 썼다.

하지만 이대로 겁먹고 있어 봤자 소용없었다.

일단은 임무였다. 직무는 다해야 했다. 아르바이트생으로 잠입한 세 사람뿐만 아니라 다른 소녀들도 움직여야 했다.

두 사람은 각오를 다지고서 항구 부근의 레스토랑으로 향했다. 가는 길에 네 번 정도 돌아가고 싶다는 충동을 억눌러야 했다. 그 결과 두 사람은 손을 잡았다. 평소 같았으면 절대로 하지 않을 행동이었다. 긴장을 풀려는 의도도 있었지만, 상대가 도망치지 않도록 잡은 것이기도 했다.

"이, 이 모퉁이를 돌면 나오지?"

"……응. 1분 동안 마음의 준비를 하고서 가자."

"그래. 하지만 시간은 2분으로 변경해 줘."

"그러네. 나도 3분이 좋을 것 같다고 생각하던 참이야."

그 후, 그녀들은 20분에 걸쳐 각오를 다지고서 걸음을 내디뎠다. 서로의 손을 꼭 잡고 레스토랑에 시선을 보냈다.

개방적인 구조의 서민적인 가게였다. 실내석과 야외석 사이에는 기둥밖에 없어서 한눈에 가게 전체를 둘러볼 수 있었다. 둥근 나무 테이블이 여러 개 놓여 있고, 그 사이를 웨이트리스가 바쁘게 오가고 있었다. 항구가 가까워서 그런지 몸집 좋은 남자 손님이 많았다. 양이 꽤 푸짐하게 제공되었다.

—천사가 있었다.

"주문하시겠어요?"

가장 먼저 눈에 들어오는 것은 회분홍 머리의 웨이트리스였다.

매우 사랑스러운 순진한 웃음을 지으며 접객하고 있었다. 그녀가 받은 손님은 예외 없이 온화하게 웃을 정도였다.

"요리사님, 2번 테이블에 후추 뺀 병아리콩 샐러드, 갈릭 토스트, 소고기 파스타 빅사이즈, 세트 메뉴의 커피는 식후예요! 그리고 4번 손님이 주문한 토마토 수프와 22번 손님이 주문한 치즈 케이크가 아직도 안 나왔어요."

긴 주문도 단박에 기억했다.

어떤 손님이 뭘 주문했고 얼마나 기다렸는지도 전부 기억하는 것 같았다.

그 밖에도—.

"점장님, 물이 잘 안 빠졌던 수도관 고쳐 놨어요!"

손님이 별로 없을 때는 정비 일을 하고—.

"선배, 특제 물분사기로 화장실 낙서 지워 뒀어요!"

때로는 자신의 발명품으로 활약하고—.

"아, 손님, 오늘도 찾아 주셔서 감사합니다. 이틀 만에 오셨네요. 늘 드시는 메뉴로 드릴까요?"

한 번 찾아온 손님의 얼굴은 전부 기억했다.

""…………""

완벽한 알바생 아네트가 거기 있었다.

손님들은 딸을 보듯 아네트를 보고서 떠났다. 몰래 팁을 주는 사람도 많았다. 용돈을 주는 감각일 것이다. 계산을 끝낸 손님이 웃으며 지비아 옆을 지나갔다. 「저 아이가 온 뒤로 가게가 50%는 더 붐비게 됐어」 하고 말하면서.

—현실이 일그러져 있다.

그렇게 두 사람은 인식했다.

이 이상 직시하면 뇌가 망가질지도 몰랐다.

전속력으로 귀가한 두 사람은 「「보호자아아아아아!」」 하고 외치며 어떤 인물을 찾아갔다.

"힉?! 왜, 왜들 그러심까?"

작은 동물 같은 소심한 눈의 갈색 머리 소녀—『초원』 사라였다.

아네트를 다루는 것은 사라에게 묻는 것이 제일이었다.

사라는 아지랑이 팰리스 옆에 있는 축사에서 애완동물에게 먹이를 주고 있었다. 요 며칠은 축사를 개축하느라 임무에는 관여하지 않았었다.

「무, 무슨 일 있었슴까? 갑자기?」 하고 사라는 눈을 동그랗게 떴다.

지비아는 단적으로 말했다.

"이미 네 명이 『아포오오오오오』 상태가 됐어."

"그게 무슨 상태죠?!"

"위험했어. 우리도 『아포오오오오오』 상태가 될 뻔했어."

"감염되는 검까?!"

사라가 제대로 설명해 달라고 했기에 두 사람은 방금 본 광경을 이야기했다.

—아네트가 제대로 접객하며 레스토랑에서 대활약 중이다. 이상 사태다.

단숨에 이야기하자 사라는 「아아, 그랬군요」 하고 고개를 끄덕였다.

"아네트 선배라면 그 정도는 할 줄 암다."

"뭐? 그게 무슨 말이야?"

지비아가 고개를 갸웃했다.

사라는 「으음~」 하고 가볍게 신음했다.

"……그렇죠. 설명하기 어렵지만, 본인의 의욕 문제임다."

"의욕?"

"네. 원래 가지고 있는 잠재력은 굉장히 높은 아이임다. 기억력도 좋고, 손재주도 좋고, 기계도 잘 다루니까요. 평소에 그 능력을 발휘하지 않을 뿐이죠."

즉, 이러한 것 같았다.

—아네트는 본래 상당히 능력이 뛰어나다. 머리도 좋고 순응성도 있다. 하지만 마음가짐에 문제가 있어서 스파이가 되고자 하는 동기가 없었다. 남들 같은 생활을 유지하고자 하는 욕구도 없었다. 그래서 그녀의 능력은 잠들어 있고, 본인이 관심 있는 일에만 발휘됐다. 아르바이트한다는 것에는 사라도 놀랐지만, 문제없이 일할 거라고 예상은 했었다.

티아와 지비아는 이마를 짚었다.

"요컨대 재능을 썩히고 있는 거구나……."

"그리고 그 능력을 발휘하는 게 알바라니……."

두 사람의 어이없는 심정이 전달되지 않았는지 사라는 생글생글 웃고 있었다.

"그래서 잘 부탁하면 집안일도 확실하게 해 줍다. 키가 콤플렉스라서 유제품을 상으로 주면 기뻐함다."

"아아, 그러고 보니 키가 안 크는 게 고민이었지……."

"귀엽죠. 저도 나중에 레스토랑에 가야겠슴다."

사라는 즐겁게 말했다.

"……그런 감성을 가진 사람은 아마 너뿐일 거야."

지비아가 한숨과 함께 태클을 걸었다.

「……?」 하고 사라는 의아해했다.

조교 전문가 사라— 그녀의 능력은 본인이 평가하는 것보다 훨씬 뛰어났다.

그날 저녁, 지비아와 티아는 사라를 데리고서 다시 레스토랑에 갔다.

새우튀김을 먹으며 바쁘게 일하는 종업원을 바라보았다.

몇 번을 봐도 아네트는 훌륭한 웨이트리스였다. 손님에게 받은 주문을 토씨 하나 빠뜨리지 않고 기억하여 주방에 전했다. 주방의 요리사는 주문 상황을 아네트에게 확인했다. 아네트는 이미 이 가게의 주요 전력인 것 같았다.

또한 손님들에게도 인기 있었다. 아네트의 팬도 많이 있는 것 같았다. 손님이 말을 걸면 천진난만하게 웃었다. 저런 존재를 『간판 아가씨』라고 하는 것이리라.

역시 현실의 광경이라는 생각이 안 들었지만, 사라의 해설을 듣고 지비아와 티아도 겨우 평정심을 유지하게 되었다.

"뭐랄까, 의외네. 아네트에게 이런 면이 있을 줄은 몰랐어."

디저트로 나온 치즈 케이크를 먹으며 지비아가 중얼거렸다.

티아가 라즈베리 주스를 마시며 고개를 끄덕였다.

"맞아. 내 견식이 부족하다는 걸 깨달았어."

"우리는 아네트를 오해했던 거겠지."

"그러게."

마침 그때 아네트가 「계산서입니다!」 하고 계산서를 가져왔다. 아는 사이라는 티를 전혀 내지 않았다. 잠입 중인 스파이로서도 완벽했다.

지비아와 티아는 멀어지는 아네트의 뒷모습을 바라보았다.

이제는 칭찬밖에 안 나왔다.

그때, 한 손님이 아네트를 불러 세웠다. 빨간 테 안경을 쓴 남자가 「이봐요」 하고 불렀다. 따분한 얼굴로 혼자 럼주를 마시고 있었다. 폼 잡는 태도가 재수 없었다.

"네! 무슨 일이신가요?"

아네트는 웃으며 몸을 돌렸다.

그러자 남자 손님이 갑자기 아네트의 얼굴에 럼주를 뿌렸다.

무슨?! 하고 지비아의 눈이 휘둥그레졌다.

"잔이 더러워요."

남자는 언짢은 얼굴로 잔을 보여 줬다.

"당장 바꿔 주세요."

"……."

머리에서 럼주가 뚝뚝 떨어지는 상태로 아네트는 멍하니 있었다.

"저 안경잡이가!"

지비아가 일어섰다.

"그렇다고 술을 뿌릴 필요는 없잖아."

남자에게 따지려 드는 지비아의 팔을 티아가 잡았다.

"기다려, 지비아. 아네트를 믿자."

"윽, 하지만……."

두 사람의 전방에서는 아네트와 남자 손님이 서로를 바라보며 일촉즉발의 분위기를 풍기고 있었다.

"……."

"……."

팽팽한 긴장감이 감돌았다. 남자는 위압적으로 아네트를 응시했고, 아네트는 웃는 얼굴로 굳어 있었다.

먼저 시선을 돌린 사람은 아네트였다.

"—바로 새 잔으로 바꿔 드릴게요! 죄송합니다!"

고개를 꾸벅 숙인 아네트는 가게 안쪽으로 갔다.

남자 손님은 콧방귀를 뀌고서 냉담한 태도로 의자에 고쳐 앉았다. 다른 손님이 남자를 노려보며 저 아이를 괴롭히지 말라고 혀를 찼다.

어쨌든 말썽은 수습된 것 같았다.

"불만 고객도 잘 대처하는구나."

지비아는 안도의 숨을 내쉬었다.

"접객업이니 어쩔 수 없어. 아무리 훌륭하게 접객해도 말썽은 일어나."

"그래도 성실하게 일하는 걸 보니 기특하네. 나였다면 주먹이 나갔을 거야."

아네트는 금방 돌아왔다. 클레임을 건 남자 손님에게 씩씩하게 럼주를 가져다줬다.

"근데 왜 돈이 필요한 걸까?"

지비아가 불현듯 말했다.

"사라. 무슨 말 못 들었어?"

"저, 저 말임까?"

열심히 파르페를 먹던 사라가 퍼뜩 놀란 얼굴이 되었다.

"그, 그러고 보니 저번에 아네트 선배가 『클라우스 형님이 좋아할 만한 선물이 뭘까요?』 하고 물어봤습다……."

"뭐? 그 남자한테 선물을 사 주려고 일하는 거야?"

생각지 못한 이유를 듣고 다시금 아네트를 보았다.

"저렇게 열심히 일하는 게 그 녀석을 위해서였나……."

"의외네. 또 몰랐던 일면이야."

부지런히 일하는 아네트의 이마에는 땀방울이 맺혀 있었다. 근로의 아름다운 증거였다.

"……그보다 감시하는 녀석들이 일을 더 못하잖아."

대조적으로 아네트 옆에 붙인 두 소녀는 처참했다.

"야아아아아! 거기 은발! 또 주문을 틀렸어!"

손님의 불평에 릴리가 「히이익! 죄송합니다!」 하고 울상을 짓고 있었다.

"점장님! 금발 아이가 또 넘어졌어요!"

주방에서는 비명이 들렸고 에르나가 「불행……」 하고 탄식하며 넘어져 있었다.

덤벙이 릴리와 불행 체질인 에르나.

웨이트리스로서는 쓸모가 없는 콤비였다.

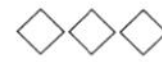

한편 임무도 진행되었다.

「본래 목적을 완전히 까먹고 있었어」 하고 지비아가 중얼거렸다.

그랬다. 아르바이트는 어디까지나 잠입 임무의 일환이고, 본래 목적은 가게의 성질 조사였다. 모든 멤버가 잊어버렸던 안건이 떠오르면서 조사가 시작됐다.

낮에는 종업원팀과 단골손님팀으로 나뉘어 감시하고, 밤에는 홀에 모여서 각자 수상한 점을 발표했다.

밤에 열린 보고회에서 먼저 에르나가 손을 들었다.

"수상한 점이라면 최근 들어서 몸을 움직이기 힘들어. 오늘도 잔뜩 넘어졌어."

모든 소녀가 무시했다.

에르나가 불행한 일을 겪는 것은 드문 일이 아니었다.

"수상한 점인가요."

이어서 릴리가 발표했다.

"그러고 보니 화장실에 또 낙서가 잔뜩 생겼어요. 모처럼 아네트가 지웠는데."

이건 신경 쓰이는 점이었다.

낙서는 아네트가 「나님! 전부 외웠어요!」라고 말하며 모조리 적어줬다. 비슷한 말이 나열되어 있었다. 『단단해지는 탑』『덜렁덜렁 용사』『나의 장거리 미사일포』『커지는 장난감』.

릴리가 고개를 갸웃했다.

"으음, 수수께끼 같은 단어네요."

노트를 바라보며 팔짱을 꼈다.

"단단해지는 탑…… 덜렁덜렁 용사…… 어떤 종교의 상징일까요? 나의 장거리 미사일포와 커지는 장난감은 극비리에 개발된 병기일지도—."

「전부 남근을 뜻하는 말이네. 그냥 속어야」 하고 티아가 말했다.

"저 방금 소리 내서 말했는데요?!"

릴리의 얼굴이 새빨개졌다.

남성 항만 노동자가 많이 모이는 가게였다. 음담패설이 자주 오갔다. 그런 가게에 낙서가 있는 건 이상하지 않지만—.

지운 직후에 다시 대량으로 생겨나 있는 건 기묘했다.

"혹시 어떤 암호인 거 아닐까?"

티아가 지적했다.

단골손님팀이 먼저 움직였다.

티아, 지비아, 사라는 빈번히 레스토랑에 다니면서 암호가 적히는 타이밍을 조사했다. 손님으로서 파스타를 먹으며 다른 손님의 대화에 귀를 기울였다.

뉴스보이캡에 몰래 강아지를 숨긴 사라가 먼저 성과를 올렸다.

"변기 물탱크 안에 이게 있었습니다."

강아지의 후각을 이용해 찾아낸 것은 건조 대마가 든 쇼핑백이었다. 공화국에서는 불법인 마약이었다. 화장실이 수상하다는 예상은 정답이었다.

"원래 있던 곳에 다시 두고 와."

티아가 지시를 내렸다.

"쇼핑백에 발신기를 숨겨서 말이야."

사라는 고개를 끄덕이고 쇼핑백을 다시 놓고 왔다.

한 시간 후, 티아의 무전기로 연락이 왔다.

《쇼핑백을 꺼낸 녀석을 찾았어. 붙잡아서 신문했어.》

모니카의 보고였다.

《역시나 화장실이 마약을 거래하는 장소인 것 같아. 듣자 하니 주말이 되면 준비된 양과 금액이 문에 적힌다나 봐. 손님은 원하는 양을 적고 돈을 두는 거야. 「단단해지는 탑」이 한 봉지, 「덜렁덜렁 용사」가 두 봉지…… 이런 의미래. 그러면 나중에 누군가가 물탱크에 대마를 넣어 줘.》

"훌륭해. 얼굴은 안 보여 줬지?"

《당연하지. 이쪽에는 변장의 달인도 있으니까.》

그레테를 말하는 것이리라. 둘이서 협력하여 신문한 것 같았다.

"궁금한 게 있는데, 너희는 가게에 안 올—."

《뇌가 망가져서 안 돼.》

무전이 끊겼다. 공포가 단단히 새겨진 모양이었다.

아무튼 충분한 정보를 얻었다.

의심해야 할 것은 빈번히 화장실을 이용하는 사람이었다. 그 사람을 찾으면 마약상도 찾을 수 있을 것이다.

"이, 이제 어떻게 조사하죠?"

사라가 고개를 갸웃했다.

"여기서부터는 꽤—."

"수상한 손님은 두 명이야. 지비아."

티아가 말했다.

"테라스 쪽 남자 손님은 내가 살필게. 벽 쪽에 있는 남자 손님은 네가 봐 줘."

"알았어."

지비아가 씩 웃었다.

그녀들은 동시에 자리에서 일어났다. 입술이 미미하게 움직였다.

"코드 네임 『백귀』— 가로채 터는 시간을 가져 주겠어."

"코드 네임 『몽어』— 매료해 부술 시간이야."

그녀들은 물 흐르듯 매끄럽게 가게를 이동했고, 1분도 채 지나지 않아 원래 자리로 돌아왔다.

"꽝이었어."

지비아가 어깨를 으쓱였다.

"가방을 훔쳤지만 안에는 아무것도 없었어. 마약상은 아니야."

"이쪽도 꽝이야."

티아가 머리카락 끝을 만지작거렸다.

"몸을 기대고 마음을 읽어 봤지만. 나쁜 소망은 안 보였어."

눈 깜짝할 사이에 조사를 끝낸 소녀들을 보고 사라가 멍하니 「괴, 굉장합다……」 하고 말했다.

이리하여 손님 중에는 마약상이 없다는 게 판명됐다. 화장실에 대마를 놓아뒀을 용의자는 따로 있다.

지비아는 주방을 노려보았다.

"종업원을 마크해야겠지."

◇◇◇

다음으로 종업원팀이 움직이기 시작했다.

그때 릴리는 칵테일을 만들고 있었다. 뭔가를 혼합하는 작업은 의외로 특기였다.

옆에서 접시를 닦고 있던 에르나가 소리쳤다.

"쥐야!"

쥐 한 마리가 그녀들의 발밑을 지나갔다. 보기 드문 일은 아니었지만, 릴리는 곧장 이상하다는 걸 눈치챘다.

릴리는 「읏차」 하고 쥐를 잡았다가 바로 놔줬다. 쥐는 창문으로 도망쳤다.

사라의 애완동물이었다. 몸에 편지가 달려 있었다.

릴리는 전달받은 암호문을 훑어보았다. 단골손님팀이 조사한 내용이 적혀 있었다. 이제부터는 자신들이 움직여야 할 것 같았다.

"점장님, 죄송하지만."

릴리가 말했다.

"저희 슬슬 쉬어도 될까요?"

"안 돼."

중년 여성인 점장이 노려보았다.

"네……?"

"너희는 우선! 일부터 배워!"

"네에에에에에?!"

"당연한 거 아니니?! 너희 둘이서 깨 먹은 접시가 대체 몇 갠 줄 알아?"

릴리는 곤혹스러웠지만, 점장의 치켜 올라간 눈썹을 보니 고집을 부릴 수는 없을 것 같았다.

그때 마침 아네트가 홀에서 돌아왔다.

"점장님! 손님이 줄었으니 창고의 재고를 확인하고 올게요!"

그 순간 점장의 얼굴이 사르르 풀어졌다.

"어머나, 세심도 하지. 거기 있는 두 사람도 데려가렴."

"네! 다녀오겠습니다!"

"호, 호감도가 엄청나게 차이 나네요……."

완전히 종업원팀의 중심이 된 아네트를 따라 소녀들은 뒤쪽 창고로 향했다. 창고는 작은 집 너비의 건물로, 매일 아침 업자가 배달한 식품과 예비 조리 기구가 수납되어 있었다.

종업원들의 물건을 두는 곳이기도 했다.

"자, 모두의 짐을 몰래 뒤져 보죠. 분명 낙서하는 데 쓴 유성펜이 나올 거예요."

"응!"

릴리가 그렇게 말하고서 에르나와 함께 가방을 뒤졌다.

아네트는 어리둥절한 표정으로 고개를 갸웃했다.

"어? 나님은 정말로 재고를 확인하러 온 건데요?"

"이번에 아네트는 진짜 성실하네요!"

어느 게 본업이고 어느 게 부업인지 알 수 없게 된 아네트에게 태클을 건 직후, 부자연스러운 로커를 찾아냈다. 바닥이 약간 떠 있었다. 딱 보기에도 수상했다. 살펴보니 건조 대마가 가득 들어 있었다.

"찾았어요!"

환호성을 지르고 누구의 로커인지 확인했다. 이 사람이 틀림없이 마약상이다.

그러자— 창고 입구에서 에르나의 비명이 들렸다.

"아?!"

릴리가 퍼뜩 놀라 돌아보니 한 청년이 창백한 얼굴로 서 있었다.

"너, 너희는, 차, 찾아내고 말았구나……?"

소녀들도 신세를 지고 있는 남자 선배였다. 평소에는 온화한 얼굴로 주방에서 일하는 요리사. 그리고 대마가 들어 있던 로커의 주인이기도 했다.

그의 손에는 고기칼이 들려 있었다.

"이, 이제 다 끝났어……. 너희는 그 대마를 경찰에, 시, 신고할 거지? 내, 내가 마약을 파, 팔고 있다고……."

목소리는 한심할 정도로 떨리고 있었다.

"주, 주, 죽여야 해……. 미안해. 안 아프게, 죽일 테니까……."

자포자기 상태였다.

눈물을 흘리며 소녀들에게 칼을 겨누고 있었다. 당장에라도 찌르려 들 것 같았다.

"거, 걱정하지 마세요!"

릴리가 설득을 시도했다.

"저희를 죽이면 죄가 무거워져요! 자수하면 집행 유예 처분을 받을지도 몰라요."

"거, 거짓말하지 마. 모, 모, 목숨이 아깝다고 해서, 안 속아……."

"거짓말 아니에요. 얘기를 들어 주세요."

"끄으으으으으…… 주, 주, 죽일 거야……. 내가 주, 주, 죽이는 거야……."

상대방은 이야기를 들어 줄 것 같지 않았다.

릴리는 입술을 깨물었다.

'곤란하네요. 지금은 무기가 별로 없어요…….'

일반인을 상대로 고전하지는 않을 것이다. 양성 학교의 낙오자라고 해도 훈련은 받았다. 싸워도 지지는 않을 테지만—.

'이렇게 착란 상태에 빠진 사람은 움직임을 예측할 수 없어…….'

생각지 못하게 다칠 수는 있을 것 같았다.

아르바이트 중이었던 릴리는 총과 단검을 안 가지고 있었다. 있는 것은 호신용 독침뿐이었다. 이 독침 하나로 에르나와 아네트를 지키며 싸워야 했다.

자, 어떻게 할까.

결말은 예상치 못한 타이밍에 찾아왔다.

뒤로 물러난 에르나가 뭔가를 밟은 듯했다. 「응?!」 하고 비명을 지르더니 균형을 잃고 근처 선반으로 쓰러졌다. 그 충격으로— 식자재가 든 나무 상자가 선반에서 떨어졌다.

"이게 무슨?!"

아연해하는 에르나와 청년에게 나무 상자와 대량의 양파가 쏟아졌다. 다른 나무 상자도 연동된 것처럼 차례차례 떨어졌다.

모든 상자가 떨어지고 창고는 정적에 휩싸였다.

"……."

릴리는 그 광경을 보고 말을 잇지 못했다.

아네트는「오오」하고 눈을 반짝였다.

"에르나, 혹시 죽었나요?"

"안 죽었어!"

채소 속에서 에르나가 얼굴을 내밀었다.

「역시 요즘에 몸을 움직이기 힘들어」하고 한심한 목소리로 말한 직후, 양파 하나가 머리에 떨어졌다. 에르나는「……불행」하고 말하며 뻗었다.

청년도 옆에 쓰러져 있었다. 확실하게 휘말린 것 같았다.

릴리가 냉큼 칼을 뺏었다. 이제 소녀들을 죽일 수는 없을 것이다.

"크, 크으으으으으으으으으으으으으."

흉기를 뺏긴 청년은 분한 듯 탄식했다. 전부 포기한 것처럼 몸을 웅크리고 울기 시작했다.

"돈이 필요했어……."

그는 괴롭게 중얼거렸다.

"어머니의 수술비를 낼 수 없었어……. 그러던 차에 대마 중개인이 되지 않겠느냐는 제안을 받았고, 거역할 수 없어서, 이 가게에서 일하기 시작했어…….”

릴리는 바로 진상을 헤아렸다.

적국 스파이의 타깃이 된 것이다. 활동 자금을 벌기 위해 곤궁한 그를 이용했다.

“그 사람이 누군지 아시나요?”

“모, 몰라. 전화와 편지로만 연락해서…….”

릴리가 묻자 청년은 고개를 가로저었다.

그는 버려지는 패였다. 「이제 다 끝났어」 하고 탄식했다.

“…….”

릴리는 그가 순박한 청년이라는 걸 알고 있었다. 자꾸 실수하는 릴리와 에르나에게 맛있는 식사를 만들어 준 사람도 그였다. 가게 영업이 끝난 후에 어머니와의 추억을 이야기해 준 적도 있었다.

“하지만 안 되는 건 안 돼요.”

그렇게 말할 수밖에 없었다.

마음 아프지만 그는 범죄에 손을 댔다. 경찰에 넘길 수밖에 없었다. 미죄 처분으로 끝나겠지만 그의 인생에 영향을 줄 것이다.

아네트는 그런 그에게 고요한 시선을 보내고 있었다.

“……나님, 공부가 됐어요!”

“응? 무슨 공부요?”

“돈을 버는 건 힘든 일이네요!”

그렇게 중얼거리고서 그녀는 가게로 돌아갔다.

◇◇◇

결국 청년은 경찰에 넘겨졌고, 그날 가게는 임시 휴업하게 되었다. 가게에서 횡행하던 마약 매매의 증거를 찾은 소녀들을 점장은 크게 칭찬했다.

파인 플레이는 에르나의 불행이었다. 그녀 덕분에 다치지 않고 적을 붙잡았을 뿐만 아니라 다른 점원에게 의심을 사지도 않았다. 릴리의 독침이나 아네트의 폭탄을 사용했다면 아무래도 부자연스러움이 남았을 터다.

그날 밤, 소녀들은 홀에 모여서 마지막 보고회를 마쳤다.

"즉, 이렇게 된 거네."

티아가 손뼉을 치고 정리했다.

"약간 뒷맛이 씁쓸하긴 하지만 조사는 완수했어. 미션 컴플리트야!"

오오, 하고 소녀들이 말했다.

임무는 훌륭하게 달성했다.

레스토랑에서 마약 매매가 횡행한다는 사실을 밝혀내고 그 범인도 잡았다. 소녀들의 역할은 끝났다.

「하지만」 하고 지비아가 팔짱을 꼈다.

"결국 적국의 스파이는 밝혀내지 못했어. 좀 찝찝해."

모니카도 동의했다.

"개운하진 않지. 남의 약점을 이용하며 본인은 숨어서 몰래 움직이고. 역겨워."

제일이죠. 의견을 존중하는 건 당연하다고 생각하는데…….”

“참고로 지금은 어떤 지시를?”

“보스의 객실에 속옷과 피임 기구를 둬서 청소하러 온 직원이 오해하게 하라는 겁니다.”

“무조건 그만둬야 함다!”

“하지만 티아 스승님은 진심으로 신경 써 주고 있어요. 배신하고 싶지 않습니다…….”

“그, 그렇슴까……. 으으, 그렇게 말씀하시니, 저도…….”

“…….”

“…….”

두 사람은 동시에 침묵했다. 연애가 성취되길 바라는 사라, 끝까지 티아를 믿고 싶은 그레테. 대화가 거의 이루어지지 않으며 긴 정적이 찾아왔다.

그 옆에서 에르나가 속으로 비명을 지르고 있었다.

‘분위기가 무거워어어어어어어어어!’

즐거운 디너 시간을 누리려고 했던 에르나는 현실과의 갭에 울부짖을 수밖에 없었다. 분위기를 바꿀 만한 화술은 가지고 있지 않았다.

그러는 사이에 웨이터가 요리를 가져왔다.

“첫 번째 요리인 키슈입니다.”

‘아직 남은 요리가 일곱 개나 돼애애애애애애!’

이 분위기로 두 시간이나 있어야 한다.

구원은 생각지 못한 곳에서 찾아왔다.

“나님! 맛있는 냄새를 맡고 왔어요!”

“응?”

갑자기 나타난 사람은 아네트였다. 그녀는 마이페이스로 「나님도 동석해 줄게요! 고마워하세요!」 하고 고하고서 빈 의자에 앉았다.

그레테가 표정을 풀었다.

“……아네트 씨는 오늘 뭘 했나요?”

“나님! 유리 세공 공방을 엿보고 왔어요! 이곳 장인은 실력이 제법이에요! 제자로 들어가겠다는 약속도 했어요!”

“후후, 알차게 보내고 있는 것 같아서 다행이에요.”

그레테가 살포시 미소 지었다. 그 옆에서 사라도 생글생글 웃으며 아네트를 보고 있었다.

에르나는 가슴을 쓸어내리고 아네트에게 속삭였다.

“오늘만큼은 네 덕분에 살았어.”

“……?”

아네트는 웃는 얼굴로 고개를 갸웃했다.

"두 시간 코스, 맞으십니까?"
"네……."
그레테가 여성 웨이터에게 응대하자 인원수대로 주스가 나왔다. 갓 수확한 오렌지로 만든 과즙 100% 주스라고 했다.
그렇게 세 사람의 우아한 디너가 시작되었다.
먼저 입을 연 사람은 사라였다.
"저기, 그레테 선배. 줄곧 하고 싶은 말이 있었습다."
매우 진지한 목소리였다.
"……?"
"응?"
그레테와 에르나가 동시에 고개를 갸웃하자 사라가 말했다.

"—티아 선배와는 그만 손을 떼는 게 좋다고 생각함다."

'……의외로 민감한 화제를 꺼냈어.'
갑자기 토크 테마가 무거워졌다.
굳이 식사를 시작하자마자 얘기할 필요는 없지 않을까, 하고 생각하는 에르나 옆에서 그레테가 의아한 듯 눈을 깜빡였다.
"……손을 떼다니요?"
"연애 상담 말임다."
사라는 주먹을 꽉 움켜쥐고 있었다.
"저는 그레테 선배의 사랑을 진심으로 응원하고 있습다. 그, 그런데 티아 선배의 조언은, 저, 저도 이상하다고 느낄 만큼 엉뚱한 것 같아서……."
"……? 그런가요?"
"네! 『티아의 조언을 듣지 말라고 그레테를 설득하는 모임』 통칭 그설모의 대표로서 진언함다."
"뭔가 묘한 조직이 만들어져 있어……!"
클라우스를 사랑하는 그레테가 티아를 연애 스승으로 우러러보고 있는 것은 에르나도 알고 있었다. 그리고 연애를 잘 모르는 에르나조차 티아의 지시가 너무나도 형편없다는 것은 알았다.
성적인 어프로치를 추천하는 티아를 클라우스는 제법 진심으로 싫어하고 있었다.
하지만 안타깝게도 그레테는 제대로 이해하지 못한 것 같았다.
"……걱정해 주셔서 감사합니다."
그녀는 미안한 듯 고개를 숙였다.
"하지만 티아 스승님은 연애 마스터입니다……. 실적으로 따지면 『등불』

소녀들은 이번 일의 흑막에 관해 의논했다. 이 인물은 순박한 청년을 이용하여 거리에 마약을 퍼뜨리고 돈을 벌었다. 그 돈은 제국 스파이의 활동 자금으로 쓰였을 것이다.

도저히 용서할 수 없는 일이지만—.

"마음은 이해하지만 깊이 파고들어선 안 돼."

티아가 말했다.

"그건 다른 팀이 할 일이야. 분명 전문 팀이 달려올 거야. 동포를 믿자. 우리가 할 일은 다 했어."

"……뭐, 그것도 그런가."

지비아가 납득한 듯 웃었다.

옆에서 릴리가 자랑스레 가슴을 쭉 폈다.

"이야~ 낙승이었어요! 평소에는 가련한 웨이트리스. 하지만 사실은 마약을 단속하는 스페셜 에이전트! 공화국의 보물, 릴리예요."

"평소보다 더 까부네."

지비아가 말하자 에르나도 「응」 하고 말했다.

"분하지만 이번 임무의 일등 공신은 저 녀석이야."

그 말에 소녀들의 시선이 한 사람에게 모였다.

"나님 말인가요?"

팔고 남은 케이크를 먹던 아네트가 얼떨떨한 모습으로 고개를 갸웃했다.

틀림없이 이번 임무의 MVP였다.

일부 소녀의 멘탈을 망가뜨린 점을 제외하면 아네트는 팔면육비의 활약을 보였다. 그녀가 없었다면 이번 성공도 없었다.

"미안해. 널 오해했었어."

티아가 미소 지었다.

"우리가 질투할 만한 실력을 가지고 있었구나. 훌륭한 스파이야."

아네트는 어리둥절한 표정을 지었다.

그런 그녀를 멤버들은 흐뭇한 심정으로 보고 있었다.

—그렇게 임무는 아네트의 분투로 성공했다.

그날 밤, 소녀들은 암호문으로 보고서를 작성하여 대외정보실 본부로 송부했다. 승리를 축하하며 살짝 호화로운 저녁을 먹고 온화한 기분으로 잠자리에 들었다.

소녀들은 성취감에 휩싸여 푹 잤다.

그래서 한 소녀가 슬그머니 저택을 빠져나간 것을 눈치채지 못했다.

「그녀」의 또 다른 얼굴을 알지 못했다.

「그녀」는 콧노래를 흥얼거리고 있었다.

룰루랄라 즐겁게 걸었다. 마치 크리스마스를 고대하는 어린아이 같았다. 세상의 온갖 고통을 모르는 것처럼 웃으며 밤길을 나아갔다.

실제로 「그녀」는 기분이 좋았다. 바라던 대로 아르바이트를 했다. 곧 있으면 급료도 들어온다. 잘 모르겠지만 스파이 임무도 달성한 것 같았다. 그리고 동료들은 아네트를 칭찬해 줬다.

마음은 긍정적인 감정으로 가득 차 있었다.

발걸음은 가벼웠다.

—지금부터 할 일에 아무런 부담도 느끼지 않았다.

심야 두 시.

거리는 잠들어 있었다. 「그녀」가 걷고 있는 곳은 주택이 늘어선 조용한 골목이었다. 인기척은 없었고, 가로등 하나가 어두운 빛을 내고 있었다.

그 가로등 앞에서 「그녀」는 멈춰 섰다.

차렷 자세로 딱 멈췄다.

가로등이 점멸했다.

깜빡, 깜빡, 깜빡, 하얀 빛이 깜빡거리며 「그녀」의 얼굴을 간헐적으로 비췄다.

「그녀」는 웃고 있었다.

그렇게 꼿꼿하게 서서 대기한 지 얼마나 지났을까.

골목 반대편에서 한 남성이 걸어왔다.

남자는 정장을 입고 있었다. 빨간 테 안경을 썼고 어딘가 경박한 분위기를 풍겼다. 술을 마셨는지 얼굴이 살짝 붉었다.

"응? 이 가로등, 꺼지려고 하네요. 행정 태만이에요."

그는 불만스럽게 중얼거리며 걸어왔다.

“역시 이곳은 변변찮은 나라예요. ……응?”

남자가 멈춰 섰다.

우두커니 선 「그녀」를 보고 일순 얼굴을 찌푸렸다. 하지만 금세 평온한 표정으로 돌아와 혀를 찼다.

“쯧, 난 또 뭐라고. 누구인가 했더니 그 가게의 웨이트리스잖아요. 귀신인 줄 알았습니다. 이런 심야에 어쩐 일이죠?”

“……”

“혹시 럼주를 뿌린 것에 대한 앙갚음인가요? 남자라도 데려왔어요?”

“……”

“뭐, 누굴 데려오든 저를 이기진 못하겠지만요.”

“……”

“이봐요. 뭐라고 말 좀 해 보시죠?”

남자가 불러도 「그녀」는 아무런 말도 하지 않았다.

「그녀」는 치마를 살짝 들어서 흔들었다. 접이식 우산이 발밑에 떨어졌다. 그걸 주워서 활짝 펼쳤다.

“그 우산으로 나를 칠 건가요?”

“……”

「그녀」는 우산을 쓴 채 움직이지 않았다.

여전히 가로등은 점멸을 반복했다. 깜빡, 깜빡, 깜빡, 규칙적으로. 남자의 머리 위에서.

“언제든지 덤벼요. 순식간에 반격해 드리죠.”

“……”

가로등은 깜빡깜빡 점멸을 반복했다.

"그래요, 다행히 아무도 없네요. 저도 짜증이 난 상태이니 성욕 처리에 쓰기로 할까요."

"……."

가로등은 깜빡깜빡깜빡 점멸을 반복했다.

"개인적인 사정 때문에 말이죠. 당신이 낙서를 지우지 않았다면 저도 화나지 않았을 거예요. 그건 제 돈벌이에 필요했거든요."

"……."

가로등은 깜빡깜빡깜빡깜빡깜빡깜빡깜빡깜빡깜빡, 하고 빠르게 점멸하기 시작했다.

"제 기분을 해친 벌이에요. 자, 그 옷을 벗겨 드리죠. 이래 보여도 저는 당신 같은 체형도 좋—."

—가로등이 폭발했다.

전구가 터졌다.

마치 샤워기에서 물이 쏟아지듯 유리가 남자에게 쏟아졌다. 옷을 찢고 살에 깊이 박히며 남자를 난도질했다. 유리 싸라기 후에 찾아온 폭풍이 남자의 피부를 태웠다.

한편 「그녀」는 우산이 보호해 줘서 멀쩡했다.

특수한 소재로 만들어졌는지 우산은 유리를 튕겨 냈다.

"윽…… 이 애새끼가……."

온몸에서 피를 흘리며 남자도 마침내 깨달은 것 같았다.

눈앞에 있는 「그녀」의 정체를―.

"동업자였나요?! 젠장, 눈만 뜨였다면―."

남자의 안구에 유리가 들어가 있었다. 눈이 안 보이는 와중에도 그는 품에서 권총을 꺼내 들었지만 당연히 겨냥 따위 할 수 없었다. 발사된 총알은 엉뚱한 방향으로 날아갔다.

"윽…… 어째서?"

남자는 혀를 찼다.

"그래요, 어떻게 된 건지는 알겠어요! 당신과의 접점은 그 가게밖에 없어요. 당신은 내게 발신기를 붙였고, 제 행동을 보고서 제가 스파이라고 확신했겠죠! 하지만 이해가 안 가네요! 제게 수상한 점은 없었어요! 그런 실수는 안 해요!"

어둠의 공포 속에서 남자는 외쳐 댔다.

"당신은 왜 제게 발신기를 붙이자고 생각했죠?!"

「그녀」는 마침내 입을 열었다.

"나님은―."

"응?"

"―화가 나서 발신기를 붙였을 뿐이에요."

남자가 숨을 삼켰다.

"허?"

그리고 무릎에서 힘이 빠진 것처럼 그 자리에 주저앉았다.

"당신은…… 그저 술을 뒤집어써서 화가 났기에 발신기를 붙인 건가요? 우연히 제가 스파이였을 뿐이고?"

"……."

"그럼 당신은 진상 손님이 있을 때마다 발신기를 붙여서 언제든 죽일 수 있게 준비해 뒀던 건가요?"

"……."

"잘못됐어…… 당신은! 사람으로서 모든 게 잘못됐어!"

「그녀」는 치마를 흔들어 다른 도구를 땅에 떨어뜨렸다. 남자에게는 보이지 않았지만 그건 전기 충격기였다. 개조하여 위력을 몇 배나 높인 물건이었다.

"어디죠? 어디 있는 거죠?!"

「그녀」는 겁먹은 남자의 뒤로 슬그머니 이동했다.

완전히 기척을 지우고서 남자의 목으로 전기 충격기를 가져갔다. 살기는 없었다. 있을 리가 없었다. 사람의 생사에 관심이 없는 소녀에게 살기 따위 있겠는가.

남자는 『죽음』을 예감하고 울기 시작했다.

전기 충격기가 남자의 목덜미에 닿으려 했고—.

"그만 됐어."

—갑자기 나타난 클라우스가 「그녀」의 팔을 잡았다.

「그녀」의 손에서 전기 충격기가 떨어졌다. 남자는 공포에 질려 기절했다.

클라우스는 한숨을 쉬었다.

"……이것 참. 감시 역할은 뭐 하고 있는 거야?"

"……."

「그녀」는 말이 없었다.

클라우스는 온화한 시선을 보냈다.

"……일단 묻겠는데, 동기는 아르바이트 자리를 지키기 위해서인가?"

"네! 이 녀석 때문에 오늘 임시 휴업하게 됐어요!"

「그녀」는 밝게 대답했다.

클라우스는 뭐라고 할지 잠시 고민했으나 이내 한숨과 함께 말했다.

"진상 손님을 제거하는 건 웨이트리스가 할 일이 아니야."

「그녀」의 눈이 휘둥그레졌다.

"나님, 몰랐어요!"

그게 진심인지 거짓말인지는 클라우스도 알 수 없었다.

일주일 후, 아지랑이 팰리스의 홀에서―.

릴리가 뿌듯한 얼굴로 봉투를 들고 있었다.

"알바비를 받았어요! 예이, 열심히 일한 보람이 있었어요!"

스파이의 성공 보수에 비하면 많은 돈은 아니었지만, 웨이트리스로 일해서 번 돈은 또 다른 감동이 있는 것 같았다. 미묘하게 금액이 많은 것은 퇴직금도 포함되었기 때문이리라.

릴리 옆에서 에르나가「응!」하고 크게 외쳤다.

"에르나, 드디어 알았어!"

지비아가「갑자기 뭘?」하고 묻자 에르나는 기쁜 얼굴로 말했다.

"최근에 왜 자주 넘어졌는지 판명됐어!"

"응? 확실히 알바 중에도 자주 넘어졌었지만……."

"키가 컸어! 옷이 꽉 끼어서 움직이기 힘들었던 거야."

에르나가 성장을 어필하듯 발꿈치를 들었다. 듣고 보니 키가 자라 있었다. 그걸 모르고 한 치수 작은 옷을 입어서 잘 움직이지 못했던 모양이다.

「드디어 에르나한테도 성장기가 왔어」하고 에르나는 주먹을 움켜쥐었다.

다른 소녀들도 축하한다며 박수를 보냈다. 자그마한 에르나를 귀여워했던지라 아쉬웠지만, 본인이 기뻐하고 있으니 축하해 줘야 했다.

경사를 축하하는 분위기가 홀을 채웠다.

하지만 직후에.

—위이이이이이이이이이이이이잉, 기계음이 울렸다.

「응?」하고 소녀들은 얼굴을 마주 보았다.

소리는 아네트의 방에서 났다. 소녀들은 곧장 그리로 향했다. 복도에서 의아해하던 클라우스도 합류하여『등불』의 모든 멤버가 아네트의 방으로 갔다.

아네트의 방문은 늘 열려 있었다. 가까이 가기만 해도 내부가 잘 보였다.

거대한 줄칼이 회전하는 기계가 위쪽에 달린 큰 의자가 놓여 있었다. 형상만 보면 전기의자에 가까웠다. 앉은 자를 구속하는 벨트까지 달려 있었다.

"나님, 알바비로 마침내 완성시켰어요!"

방 중앙에서 아네트가 폴짝 뛰었다.

"『에르나 삭감기』예요! 이걸로 에르나의 머리뼈를 깎아 낼 수 있어요!"

"""""""""""…………"""""""""""

멤버 전원이 말을 잇지 못했다.

그러자 아네트가 「아, 클라우스 형님!」 하고 돌아보았다.

치마 속에서 단검 한 자루를 꺼내 클라우스에게 건넸다.

"나님이 주는 선물이에요!"

"일단 묻겠는데, 이건 뭐지?"

"뇌물이요! 이걸 드릴 테니 눈감아 주세요!"

"……."

클라우스도 말문이 막혔다.

그러고 나서 아네트는 멤버들 뒤에서 떨고 있는 에르나를 보았다.

"자! 에르나, 키가 큰 만큼 이 기계로 깎아 내는 거예요!"

"이, 이 녀석, 눈이 진심이야!"

“괜찮아요! 나님보다 커진 만큼만 깎아 낼 거니까요! 2cm만 깎으면 돼요!”

목숨을 잃기에는 충분한 선언을 듣고서 에르나는 비명을 지르며 도주했고 아네트는 무기를 들고서 뒤쫓기 시작했다.

“에르나! 나님을 제치고 성장기라니 용서 못 해요!”

“너무 불합리해!”

“각오하세요! 나님, 이걸 위해 돈을 벌었으니까요!”

두 소녀가 방을 뛰쳐나갔다.

남겨진 멤버들은 모두 동시에 한숨을 쉬었다.

역시 아네트에 대한 인식을 고칠 필요는 없을 것 같았다.

『망아』 아네트는 『등불』 최대의 문제아다.

2장 case 티아

티아는 탄식하고 있었다.

대체 어째서어어어어어어, 하고.

소파에 엎드려 계속 탄식했다.

평소에는 외모에서 고아함이 느껴지는 아름다운 소녀지만, 지금은 화장도 엉망이고 머리도 부스스했다. 신경질적인 느낌만 들었다. 분한 듯 소파를 때리는 모습은 떼쓰는 어린아이 같았다. 그녀를 흠모하는 남성이 거리에 많지만, 이 모습을 본다면 다들 환멸을 느낄 것이 틀림없다.

그녀 옆에는 그레테가 앉아 있었다. 그레테도 흐린 얼굴로 한숨을 쉬고 있었다.

"……좀처럼 잘되지 않네요. 역시 보스는 강적입니다."

그레테의 중얼거림에 티아가 악을 쓰며 대답했다.

"너무 이상해. 이런 건 인정할 수 없어! 믿을 수 없어!"

"아뇨, 현실을 받아들일 수밖에 없어요. 티아 씨의 계획은 완벽했어요. 그저 제가 모자라서……."

"너는 틀리지 않았어! 전부 선생님이 둔한 탓이야!"

"위로해 주시는 건가요……!"

"좀 더 자신감을 가져! 하, 하지만 확실히 현실은 너무 냉혹해……."

온 세상의 고통을 탄식하듯 티아와 그레테는 푸념을 늘어놓았다.

그렇게 홀에서 서로를 위로하고 있으니—.

"으엑, 이 분위기 뭐야? 기분 나빠."

신랄한 말을 내뱉으며 모니카가 왔다. 방금 목욕을 끝낸 것 같았다. 물이 뚝뚝 떨어지는 비대칭 청은발을 수건으로 닦으며 티아에게 냉랭한 시선을 보냈다.

"지하에 있는 대욕탕까지 목소리가 들렸어. 뭔데? 이번에는 뭘 실패한 거야?"

"……아뇨, 모니카 씨. 티아 씨는 아무 잘못도 없습니다."

모니카가 모욕적으로 말하자 그레테가 티아를 감쌌다.

"그저 운이 안 좋았어요……."

"맞아!"

티아가 언성을 높였다.

"운이 안 좋았던 거야! 내 계획은 완벽했어. 외출 중에 호텔 앞을 지나가던 선생님을 잘 불러 세웠어."

"네, 훌륭한 솜씨였어요……."

"그렇지. 온몸이 쫄딱 젖은 그레테가 나온 타이밍도 완벽했어!"

"계획대로 보스도 깜짝 놀랐죠."

"맞아. 선생님은 젖은 그레테를 걱정하며 호텔로 데리고 들어갈 터. 그게 남자란 생물이야. 그다음엔 빼도 박도 못할 상황을 만들면 돼. 그러기 직전이었어."

"……티아 씨가 말하길, 보스는 흥분한 나머지 사소한 의문도 품지 않을 거라고 했죠."

"그런데 선생님은 냉정하게 어쩌다 젖었느냐고 물었어."

"생각지 못한 질문에 저는 당황했어요. 소나기를 맞았다고 둘러댔지만."

"하지만 선생님한테는 안 통했어. 전부 헤아린 것처럼 떠났지."

"……난적이에요."

"맞아. 역시 일류 스파이야. 경계심이 너무 강해."

"……."

그레테와 티아는 번갈아 설명하고서 고개를 끄덕였다. 모니카의 어이없다는 시선은 알아차리지 못한 것 같았다.

모니카는 「있잖아」 하고 한숨을 쉬었다. 이윽고 귀찮다는 얼굴로 뒤통수를 긁적이며 말했다.

"예전부터 생각했던 건데, 하나 물어봐도 돼?"

「뭔데?」 하고 의아해하며 고개를 갸웃하는 티아에게 모니카는 솔직하게 물었다.

"너 정말로 미인계를 잘 쓰는 거 맞아?"

—미타리오 결전 준비 기간에 일어난 또 다른 사건.

아네트가 분주히 아르바이트하고 있을 때, 소녀들은 교대로 휴일을 가지고 있었다. 컨디션 조정도 일의 일환이었다. 『시체』 임무 이후로 장기 휴가가 없었기에 재충전은 필수였다.

휴식하는 소녀들 중에는 클라우스와 함께 시간을 보내면서 기운을 회복하는 이도 있었다.

코드 네임『애랑』, 그레테였다.

티아는 그레테의 연애를 도와주고 있었다. 티아의 지도하에 그레테가 클라우스에게 들이댔다. 하지만 매번 실패했고 티아는 자신의 부족함을 탄식했다. 남자를 함락하지 못한다는 사실은 미인계 전문가라고 자부하는 티아의 자존심에 흠집을 냈다.

자세한 설명은 생략하겠지만, 아네트의 엄마와 관련된 소동으로 티아의 멘탈이 무너졌던 시기이기도 했다.

사건은 그런 티아에게 상담이 들어오면서 시작됐다.

티아는 부들부들 떨고 있었다.

'마, 말도 안 돼……. 내가 이런 의심까지 받고 있다니…….'

양손에 얼굴을 묻고 몸을 잘게 떨면서 복도를 걸었다. 신경질적인 태도를 넘어 망연자실한 상태였다. 자신의 근본이 흔들려서 말조차 제대로 안 나왔다.

머릿속에는 모니카의 냉엄한 목소리가 있었다.

『너는 그냥 젊고, 몸매가 야하고, 쉽게 다리를 벌릴 것 같이 생겨서 멍청한 남자들한테 잘 먹힐 뿐이잖아? 커다란 가슴을 갖다 대기만 해도 발정하는 수컷 원숭이를 조종하는 건 아마추어도 할 수 있어.』

이 얼마나 가차 없는 말인가!

물론 부정했다. 자신을 믿어 주는 그레테 앞에서 의심받고 싶지 않았다.

하지만 그런 의혹이 제기되었다는 사실 자체가 마음을 괴롭혔다.

'으으…… 나는 지금 다른 사람들한테 그렇게 보이는 거구나…….'

분노보다도 슬픔이 더 컸다.

확실히 클라우스 상대로는 미인계가 성공한 적이 한 번도 없지만—.

'아, 아냐. 분명 모니카 혼자만 그렇게 생각하는 거겠지. 그 아이는 삐뚤어졌는걸. 다른 애들은 나를 연애 마스터로 존경하고 있을 거야!'

열심히 자신을 격려했다. 안 그러면 멘탈이 무너질 것 같았다.

오늘은 일찍 자기로 마음먹고 방을 향해 복도를 걸었다.

"아, 티아. 마침 잘 왔어."

부르는 소리가 들렸다.

지비아였다. 그녀는 어떤 멤버의 방 앞에서 난처한 듯 눈썹을 찌푸리고 있었다.

"잠깐 도와주면 안 될까? 나한테는 버거워서."

"내가?"

티아는 자신을 가리켰다.

“연애 관련 일이거든. 나도 익숙한 분야가 아니고, 릴리는 얼굴이 새빨개져서 도망가고, 상담해 줄 수가 없어.”

“연애라니—.”

티아는 의외라고 생각하며 지비아 옆에 있는 소녀를 보았다.

“—사라의?”

“앗, 넵. 조금 곤란한 일이 생겼는데. 어쩌면 좋을지 모르겠습니다.”

사라는 자기 방 앞에서 고개를 숙이고 있었다.

작은 동물처럼 소심해 보이는 갈색 머리 소녀였다. 그녀는 얼굴을 붉히며 양손을 맞잡고 꼼지락대고 있었다.

티아는 「흐응」 하고 놀랐다.

뜻밖의 인물이었다. 『등불』에서 세 번째로 어린 멤버. 당연히 연애에는 관심이 없을 줄 알았다.

꼭 상담을 들어 주고 싶었다.

하지만 지비아와 사라는 왠지 내키지 않는다는 태도였다.

「나도 고민하긴 했는데」 하고 지비아가 신음했고.

「소, 솔직히 저도 고민했습니다」 하고 사라가 미안한 듯 말했다.

“하지만 우리끼리는 좋은 답이 안 나올 것 같고—.”

“따로 적임자도 없으니—.”

두 사람이 동시에 한숨을 쉬었다.

티아 선배
““이 녀석밖에 없지.””

“소거법이야?!”

티아의 눈이 휘둥그레졌다.

간과할 수 없는 사태였다. 설마 모니카 말고도 자신의 연애 기술에 의문을 가진 사람이 있을 줄은 몰랐다.

애초에 두 사람의 태도는 상담을 바라는 사람의 태도라고 하기엔 무례한 것 같기도 했지만—.

"……."

사라는 심각한 표정을 짓고 있었다. 고민하고 있는 건 틀림없어 보였다.

하고 싶은 말은 있지만 답은 하나였다.

"일단 얘기를 들려줄래? 곤란한 상황인 거지?"

티아는 사라의 방에 들어가기로 했다.

"러브레터?"

생각지 못한 단어를 듣고 티아가 반문했다.

사라가 「그렇습다」 하고 고개를 끄덕이고서 경위를 설명했다.

그녀는 휴일에 수도에 있는 커다란 펫숍에 자주 가는 것 같았다. 그곳에는 작은 잔디밭도 딸려 있어서 조니라는 이름의 강아지를 거기서 자주 놀게 했다. 놀이 기구나 다른 동물 친구들을 보고 신나게 뛰어다니는 조니를 바라보며 휴일을 보낸다고 했다.

"그리고 그런 저를 좋게 본 남성분이 있었던 모양이라……."

"펫숍 점원을 통해 러브레터를 줬대."

부끄러운 듯 말한 사라의 이야기를 지비아가 이어받았다.

티아는 그 러브레터를 읽었다.

보낸 사람은 「도미니크 마우라」라는 남성인 것 같았다.

『당신에게 첫눈에 반했습니다』라는 말로 시작되는 열렬한 연서였다. 조금 애정이 부담스럽긴 하지만 강한 연심이 전해졌다.

"그래서?"

티아가 뒷이야기를 재촉했다.

"이 연서에 어떻게 대답했어?"

"거절하는 편지를 썼습니다."

사라가 즉답했다.

"마음은 기쁘지만, 저는 스파이 임무만으로도 벅차서 그럴 여유가 없는지라……."

"그랬구나."

"하지만 그랬더니— 더 많은 러브레터가 도착했습니다."

그렇게 말하고서 사라는 양손에 가득 들릴 만한 양의 종이 다발을 보여 줬다.

티아는 「오오」 하고 놀라며 확인했다. 문장이 더 열렬해져 있었다.

『당신을 생각하면 밤에도 잠들 수 없습니다.』『강아지를 바라보며 웃는 당신의 얼굴이 눈에 새겨져서 아른거립니다.』『한번 만나고 싶습니다.』『이 만남은 운명이라고 느꼈습니다.』『같이 식사만이라도 해 주셨으면 좋겠습니다.』

조금 무서워질 정도였다.

지비아는 험악한 얼굴로 팔짱을 꼈다.

"그래서 나한테 상담해 온 건데 어떻게 생각해? 뭔가 스토커 같고, 무시하면 될까? 너라면 어떻게 대처할래?"

고민의 핵심이 보이기 시작했다.

배부른 고민이긴 하지만, 연애는 거절하는 것도 힘들었다. 구애에 어떻게 대처할지 알 수 없어서 곤란한 것 같았다.

"솔직히."

사라가 고개를 숙였다.

"이렇게 되니까 펫숍에도 가기 어렵습다……. 조니 씨도 그곳을 무척 좋아했는데……."

매우 난감해하는 얼굴이었다.

아무래도 사라는 남성에게 고백받은 적이 없는 것 같았다. 줄곧 스파이 양성 학교에서 지냈으니 당연했다.

문제를 해결하지 않는다면 사라는 좋아하는 장소를 하나 잃어버리게 된다.

맨 처음 이야기를 들은 지비아도 적절한 조언을 해 주지 못한 듯했다.

티아는 다시금 러브레터의 문장을 보았다. 애정이 폭주하고 있지만 나쁜 사람은 아닌 것 같았다. 사라가 미성년자임을 알고서 건전한 교제를 바라고 있었다.

"사라. 도미니크 씨와는 만난 적 없어?"

"네. 편지만 주고받았습다."

"그렇다면 한 번쯤 만나 보면 어떨까? 실제로 만나 봐야 알 수 있는 부분도 많고, 상상으로 얘기를 나눠 봤자 소용없으니까."

사라의 눈이 동그래졌다.

"괜찮을까요……? 저는 스파이니까 연애에 정신이 팔리는 건―."

"네 마음을 우선해야 해."

"제, 제 마음?"

"그래. 스파이라는 건 나중에 생각하자. 넌 어때? 연애해 보고 싶어? 따로 멋지다고 생각하는 사람이 있진 않아? 솔직한 의견을 듣고 싶어."

실제로 스파이의 연애는 어렵다. 상대방에게 자신의 신원을 밝힐 수도 없고, 그게 약점이 되기도 한다.

하지만 티아는 다른 것을 우려하고 있었다.

'솔직히 『등불』은 연애에 거리를 두는 타입이 너무 많아.'

스파이라는 가혹한 환경이 그렇게 만들었는지, 그레테 말고는 연심을 적극적으로 보이는 일이 없었다. 하지만 그녀들이 연애에 전혀 관심이 없진 않다는 것은 이전의 『신부 소동』으로 증명되었다.

이건 좋지 않다고 티아는 느끼고 있었다.

흔들리는 마음을 강제로 억누르다 보면 무리하게 된다. 그건 틀림없이 인생에 악영향을 끼칠 터다.

지금은 명분을 제외한 사라의 말을 듣고 싶었다.

사라가 대답하기까지 시간이 걸렸다.

"그, 그게……."

얼굴이 새빨개진 사라는 자기 모자를 꽉 움켜쥐었다.

"머, 멋지다고 생각하는 사람은 있습다."

지비아와 티아는 얼굴을 마주 보았다.

예상치 못한 대답이었다.

사라는 부끄러운 듯 고개를 숙인 채 말했다.

"하지만 이게 연심인지는 저도 모르겠습다……. 그리고 그 사람은 분명 저와 연애하고 싶은 마음이 전혀 없을 테고, 게다가 저보다 더 어울리는 사람도 따로 있어서 저는 그 사람의 사랑도 응원하고 있습다……."

티아는 한 남자를 연상했다.

―소녀들과 가까운 곳에 있으면서도 그게 성의라는 것처럼 연애 감정을 전혀 보이지 않는 **그 남자**.

"어쩌면."

사라가 쓴웃음을 지었다.

"저는 그저 연애를 동경하는 걸지도 모릅다. 저도 그레테 선배 같은 사랑을 하고 싶어서."

"네 나이 때는 보통 그래."

티아는 미소 지었다.

스파이라고 해도 자신들은 10대 소녀다. 보통은 사랑을 동경하는 나이다.

「결정됐네」 하고 지비아가 웃었다.

맞아, 하고 티아는 고개를 끄덕이고 결론을 말했다.

"만나 보자. 네가 품은 감정이 사랑인지 확인하기 위해서도."

다른 남성과 데이트해 보면 감정이 정리될 것이다. 오히려 좋은 기회일지도 모른다.

이야기가 정리되자 사라는 퍼뜩 놀란 얼굴이 되어 허둥거리기 시작했다.

"하, 하지만 정말로 괜찮을까요? 남자와 단둘이 만나는 건 처음이고, 패션도 잘 몰라서, 상대방을 실망만 시키진 않을지……."

사라는 주로 위장용 교복을 입고서 외출한다고 했다. 가지고 있는 사복은 눈에 띄지 않는 수수한 옷들뿐이었다.

"어머, 내가 누군지 몰라?"

티아는 불안한 얼굴인 사라의 어깨를 손가락으로 툭 밀었다. 그리고서 당당한 태도로 자신의 가슴에 손을 얹었다.

"완벽하게 서포트하겠어. 내 진짜 실력을 보여 줄게."

그 직후부터 티아의 사라 개조 대작전이 시작되었다.

데이트 당일 아침, 티아는 모니카의 방을 찾아갔다.

노크하고 방문을 열자마자 침대에서 졸린 얼굴로 있던 모니카가 「허? 왜 휴일 아침부터 네 얼굴을 봐야 해?」 하고 욕했지만 무시했다. 모니카가 티아에게 사납게 구는 것은 어제오늘 일이 아니었다.

티아는「잠깐 홀에 와 주지 않을래?」하고 말했다.

"뭐?"

모니카가 얼굴을 찌푸렸다.

"너한테 보여 주고 싶어서. 내 실력을 보려무나."

도발하자 모니카는「아, 그러셔」하고 시시하다는 듯 대답했다. 퉁명스러운 태도였지만 와 주려는 것 같았다. 잠옷에서 임무용 옷으로 빠르게 갈아입고 티아와 함께 1층으로 내려갔다.

티아는「이게 바로 내 진짜 실력이야!」하고 말하며 문을 열었다.

홀의 중심에 치장한 사라가 서 있었다.

티아는 사라가 가진 순박한 이미지를 해치지 않는 선에서 사라를 꾸몄다. 화장은 가볍게 파운데이션만 바르고, 복장은 라일라트 왕국제 연두색 롱스커트를 중심으로 코디네이트했다. 사라의 트레이드마크인 뉴스보이캡은 그대로 두고 악센트로 배지를 더했다. 모자 아래로 내려오는 곱슬한 머리는 고데기로 정리했다.

"……흐응."

모니카가 작게 한숨을 쉬었다.

"제법이네."

티아는 주먹을 꽉 움켜쥐었다.

빈말하지 않는 모니카의 찬사는 성공을 증명했다.

"뭐, 토대가 좋으니까. 당당하게 행동해."

모니카가 안절부절못하는 사라에게 말했다.

칭찬받은 사라는 얼굴을 붉혔다. 익숙하지 않은 복장이 당황스러운 것 같았다.

다른 소녀들도 속속 홀에 모여들었다. 다들 몰라보게 아름다워진 사라에게 말을 건넸다.

"나님, 무척 멋있다고 생각해요!"

"사라 언니, 멋져."

아네트와 에르나도 절찬하자 사라는 쑥스러운 듯 뺨을 긁적였다.

티아는 자랑스러워하며 머리카락을 뒤로 넘겼다.

"내가 진짜 실력을 발휘했으니 당연하지."

성취감에 잠긴 티아를 그레테가 「스승님은 역시 대단해요……!」 하고 감동한 눈으로 보았다. 모니카 때문에 흔들릴 뻔했던 제자의 존경심도 되찾은 것 같았다.

"하지만 여기서 끝이 아니야."

티아는 의기양양하게 말했다.

"데이트도 확실하게 서포트하겠어. 사라, 무전기를 갖고 가."

"가, 감시하는 검까?"

사라가 경악한 표정을 지었다.

"당연하지! 따로 할 일이 없는 멤버는 같이 가자. 다 함께 협력하면 완벽한 데이트를 연출할 수 있을 거야."

""""""오오~!""""""

"아뇨아뇨! 감사하지만 사양하겠슴다! 부끄럽슴다!!"

비명을 지르는 사라를 내버려 두고서 다른 소녀들은 신난 모습이었다.

"걱정하지 마. 이상한 호텔로 데려가려고 하면 내가 후려갈겨 줄게." "저, 저까지 긴장되네요." "나님, 도청기는 확실하게 준비했어요!" "……보스와 데이트하는 데 꼭 참고하고 싶습니다." "에르나, 응원하고 있어."

"아, 네……."

사라는 이제 모든 것을 포기한 표정이었다.

티아는 쓴웃음을 지었다.

물론 사라를 돕고 싶다는 마음도 있겠지만, 다들 연애에 관심이 있는 것이다. 역시 꽃다운 나이의 소녀들에게는 이게 자연스러웠다.

사라한테는 미안하지만, 멤버들이 멀리하던 『연애』와 마주할 좋은 기회였다.

"우와, 성가신 녀석들이네."

유일하게 모니카는 냉담하게 반응했지만—.

"어머? 너는 안 갈 거야?"

"뭐? 왜 나까지 어울려 줘야 하는데?"

물어보자 모니카는 귀찮다는 듯 노려보았다.

"오전에만 같이 있을 거야."

"결국 오는 거군요!"

사라가 눈을 부릅떴다.

설마설마했던 멤버 전원 동반이었다.

만날 날짜와 장소는 러브레터에 적혀 있었다.

공화국 수도의 중심에서 조금 떨어진 교외에 애완동물과 함께 들어갈 수 있는 카페가 있었다. 분수대가 있는 안뜰에서 개를 놀게 하고 맛있는 갈레트를 먹을 수 있는 곳이었다. 그 가게 앞에서 만나기로 했다.

무전기를 챙긴 사라가 가게로 갔고, 다른 소녀들은 맞은편 빌딩에 있는 빈방에서 대기했다. 4층 창문에 쌍안경을 든 소녀들이 쭉 늘어섰다.

"그나저나 사람이 많네. 동물 키우는 사람이 이렇게나 많구나."

점심으로 샌드위치를 먹으며 지비아가 태평하게 중얼거렸다.

"최근 애완동물 열풍이 불고 있다는 것 같아요. 품종 개량도 진행되어 셀럽들 사이에서 인기라고 해요."

마찬가지로 샌드위치를 베어 먹은 릴리가 대답했다.

두 사람은 비교적 태평하게 관찰하고 있었다.

한편 그 옆에 있는 자그마한 두 소녀는 흥분한 모습이었다.

"나님, 약속 장소가 확실히 보여요!"

"에르나 쪽도 괜찮아. 주위에 위험은 없어."

아네트와 에르나였다.

"잠깐 확인 좀 할게."

의욕 넘치는 두 사람에게 모니카가 질문을 던졌다.

"약속 장소에 나타난 남자가 만약 거침없이 사라를 만지는 개자식이면 어쩔 거야?"

두 사람은 동시에 손을 들었다.

"나님이 폭살할 거예요!"

"에르나의 불행에 끌어들일 거야."

《너무 과한 처사임다!》

무전기 너머에서 사라가 태클을 걸었다. 전파는 양호한 것 같았다.

"어떤 남자인지 우리가 확인해 줄게요!"

"우리가 인정하지 못한 남자에게 사라 언니를 넘길 순 없어."

사라의 제지도 듣지 않고 아네트와 에르나가 하이파이브했다.

두 사람은 평소에 사라에게 이것저것 신세 지고 있었다. 그녀들과 사라는 「특수조」라는 그룹에 속해 있는데, 세 사람의 유대는 끈끈한 듯했다.

'이렇게 전원이 모인 것도 사라의 인덕이지…….'

사라는 개성 강한 『등불』에서 보기 드문 상식인이었다. 그녀를 좋아하는 이도 많았다. 퉁명스러운 모니카까지 따라왔다는 사실이 그걸 보여 줬다.

반드시 데이트를 성공시키고 싶었다.

하지만 사라의 그 좋은 성품은 불안 요소이기도 했다.

티아는 뺨에 손을 올렸다.

"솔직히 사라는 소심해 보여서 이상한 남자가 꼬일 것 같긴 해. 자기보다 약한 여자만 사랑할 수 있는 그런 족속 말이야."

"맞아."

모니카가 대답했다.

"아무튼 그딴 러브레터를 보내는 남자잖아? 역시 불안해."

"보기 전엔 모를 일이야. 물론 내면이 중요하긴 하지만……."

"뭐, 당연히. 사라한테도 그럭저럭 잘생긴 남자가 좋겠지."

외모만으로 차별할 수는 없지만, 역시 말끔한 남자가 왔으면 하는 마음이 있었다. 도미니크의 연서에 본인의 사진은 안 들어 있었다. 나이도 직업도 불명이었다.

아무래도 불안했다.

혹시 외모에 자신이 없어서 사진을 안 넣은 것 아닐까 하여.

"아, 누군가가 사라 언니한테 말을 걸고 있어!"

그때, 에르나가 외쳤다.

티아는 즉각 「타깃 확인!」 하고 호령했다.

소녀들이 빌딩 창가에 복작복작 붙어서 쌍안경을 들었다.

카페 앞에서 한 남자가 사라에게 말을 걸고 있었다.

짧게 자른 어두운 금발, 새까만 재킷과 베이지색 바지. 손에는 수선화를 들고 있었다. 러브레터로 예고한 바로 그 차림이었다.

이 남자가 도미니크일 것이다. 부끄러운 듯 사라에게 머리를 숙이고 있었다.

다들 숨을 삼키고서 그에게 시선을 보냈다.

그리고 도미니크의 얼굴을 본 순간, 소녀들의 감상은 일치했다.

""""""""잘생겼다아아아아아아아아아아아아아아아아아!""""""""

소녀들이 외쳤다.

사라에게 러브레터를 보낸 도미니크 마우라는 소녀 전원이 만점을 줄 만큼 미남이었다.

도미니크와 사라는 카페에서 이야기를 나눴다.

사라가 몰래 가지고 있는 무전기를 통해 도미니크의 목소리가 들렸다.

《아, 죄송합니다. 그런 러브레터를 갑자기 보내서 민폐였겠죠. 원래 제가 그런 인간은 아닌데 마음을 주체할 수 없어서…… 아, 제 소개를 하겠습니다. 저는 도미니크 마우라. 시리타 대학의 4학년생입니다. 최근에 저도 개를 키우고 싶어서 펫숍을 돌아다니다가 당신을 보게 되었고…… 네, 한눈에 반해 버리고 말았습니다.》

말하는 사람은 거의 도미니크였지만 아직까지는 인상이 나쁘지 않았다.

실제로 괜찮은 청년이란 느낌이 들었다. 차림새는 단정했다. 유행하는 재킷을 맵시 있게 입었고 비싼 손목시계도 차고 있었다. 무슨 메뉴를 주문할지 고민하는 사라에게 기분 나쁘지 않게 조언하고 전망 좋은 자리도 양보했다. 학력도 나쁘지 않았다.

무엇보다 이야기가 활기를 띠었다.

《대학에서는 유전자 개량 농작물을 연구하고 있습니다. 웰리히

콘이라고 아시나요? 영양가가 높아서 펫푸드로 좋은데…… 네, 이걸 개발하는 데도 미력하게나마 관여했습니다. 그렇습니까? 사라 씨는 다른 동물도 키우시는군요? 좋아해 주셔서 기쁩니다.》

사라에게서 대화를 이끌어 냈다. 서로 관심 있는 분야가 비슷한 걸지도 모른다. 사라도 명랑하게 웃고 있었다.

《저기, 매의 건강에 좋은 음식이 있을까요? 최근 조금 기운이 없어서.》

《매인가요. 육식이죠…… 흠. 다음에 교수님께 여쭤보겠습니다. 다만 바쁘신 분이라서 시간이 좀 걸릴지도 모릅니다.》

《교수님……? 시리타 대학의 교수님이요?》

《아뇨, 토트 교수님입니다. 지난달 열렸던 학회에서 만나 친해지게 되었습니다.》

《생물학의 권위자시잖아요! 굉장하네요!》

실로 평화로운 대화였다.

이렇게 되니 관찰하는 사람은 지루해졌다. 안심이 된 반면, 맥이 빠지고 말았다.

"이 이상 지켜보는 것도 멋없는 짓이지."

모니카가 크게 하품했다.

"지겨워졌으니까 돌아가야겠다. 지비아도 갈래?"

"응? 으음~ 나도 돌아갈까. 문제없어 보이고, 나중에 어떻게 됐는지 들을게."

지비아도 돌아갈 준비를 하기 시작했다. 두 사람에 이어서 릴리가 「아, 모처럼 수도까지 왔으니까 디저트라도 먹고 가요」 하고 말하며 자리를 떴다.

확실히 이 이상 도청할 의미가 없어 보였다. 티아가 서포트할 필요도 없이, 사라와 도미니크의 카페 데이트는 별 탈 없이 진행 중이었다.

열심히 도청을 이어가는 에르나와 아네트의 감독 역할로 남을 생각이었지만.

《아, 그러고 보니 그거 아십니까? 얼마 전에 새로 공원이 생겼다고 합니다. 목줄 없이 개를 풀어 둬도 된다고 하더군요.》

《정말요? 몰랐습다.》

《괜찮으시면 다음 주에 같이 가시겠습니까? 서로의 애완동물을 데리고서.》

《어, 으음…… 역시 대답은 보류해도 될까요? 다음 주 예정이 어떻게 될지 몰라서요.》

《아, 저야말로 죄송합니다. 초면에 뻔뻔하게.》

벌써 다음 데이트 예정까지 세우고 있었다.

음성을 들어 보면 사라도 가고 싶은 마음은 있는 것 같았다.

첫 데이트치고는 만점을 줘도 될 만큼 괜찮았다.

카페 데이트는 두 시간 만에 끝났다.

남녀가 처음 만나기에 너무 짧지도 길지도 않은 딱 좋은 시간이었다. 도미니크는 그런 적절한 안배도 파악하고 있는 것 같았다. 그는 사라에게 연락처를 건네고서 따뜻하게 웃고 떠났다.

해산 직후, 티아는 도미니크에게 다가갔다. 역 쪽으로 걸어가는 그를 앞질러 정면에서 말을 걸었다.

"어머, 당신."

"음? 제게 무슨 용건이라도 있으신가요?"

갑자기 말을 걸었음에도 불구하고 도미니크는 불쾌한 티를 전혀 내지 않았다.

혹시 몰라서 티아는 직접 얘기해 보고 싶었다. 소중한 동료와 친밀한 사이가 될지도 모르는 남자였다. 확실하게 확인해 두고 싶었다.

'가까이서 보니까 한층 더 훈남이네.'

그에 대한 인상은 더 좋아졌다. 무해해 보이는 미소를 짓고 있었다. 그렇다고 나약해 보이는 것도 아니었고, 여차하면 지켜 줄 듯한 근육도 있었다.

연하 킬러라고 티아는 분석했다. 필시 인기가 많았을 것이다.

티아도 웃으며 대답했다.

"당신, 아까까지 귀여운 아이랑 같이 있었지? 여자친구야?"

"……? 어떻게 그걸?"

도미니크는 얼굴을 찌푸렸으나 이내 납득했는지 「아아」 하고 하얀 치아를 내보였다.

"혹시 사라 씨의 지인입니까?"

"그런 거지. 미안해. 살짝 감시했어."

"아뇨, 괜찮습니다. 역시 불안하게 만든 모양이군요. 그런 러브레터를 잔뜩 보내서."

도미니크는 쑥스러운 듯 머리를 긁적였다.

"역시 첫인상대로 아주 멋진 아이였습니다. 저도 들떠서…… 아, 물론 외모뿐만 아니라 내면도 한층 훌륭하다고 생각했습니다."

"그럼 다행이고. 앞으로도 잘 대해 줘. 그런데—."

티아는 살며시 검지를 들었다.

"머리에 먼지가 붙어 있어."

"그렇습니까?"

도미니크가 의아해하며 자신의 머리카락을 쓸었다.

"가만있어 봐. 떼 줄게."

티아는 도미니크에게 한 걸음 다가가 얼굴을 가까이 가져갔다. 그는 얼굴을 돌리지 않았다. 자연스럽게 몇 초간 마주 보는 자세가 되었다.

"……응, 됐다."

3초 정도 눈을 마주 보고서 티아는 몸을 물렸다.

도미니크는 고맙다며 작게 고개를 숙였다.

"……?"

티아의 머릿속에 물음표가 떠올랐다.

그녀에게는 특기가 있었다. 3초 정도 마주 본 사람의 소망을 알아내는 능력이었다. 사라의 연애 상대로 적합한지 마음을 읽어 봤지만.

—감지한 것은 지금까지 받은 인상과 전혀 다른 욕망이었다.

이게 대체 어떻게 된 걸까.

납득하지 못한 채 티아는 도미니크와 간단한 인사를 주고받고 헤어졌다.

그 후, 빠르게 걸어가 사라를 찾았다. 당장 만나고 싶었다.

사라는 여전히 카페 앞에 있었다. 도미니크와 대화하느라 피곤했는지 멍하니 하늘을 올려다보고 있었다.

아직 낮이지만 구름이 끼어서 해는 보이지 않았다.

사라는 눈을 가늘게 뜨고 멍하니 있었다.

"사라, 수고했어."

"아, 티아 선배."

티아를 알아차리고 사라가 미소 지었다.

살짝 상기된 그 얼굴을 보고서 티아는 저도 모르게 지적하고 말았다.

"……들뜬 얼굴이야."

"그, 그렇습까?"

부끄러운 듯 사라가 뺨에 손을 올렸다.

"잠시 걸으며 돌아가자."

버스를 타도 됐지만 걷기로 했다. 큰길에서 옆으로 빠지는 길을 선택했다. 시계방과 양복점이 늘어선 조용한 거리였다. 자전거를 탄 우편배달부가 두 사람을 지나쳐 갔다.

"사, 상당히 두근거렸습다."

티아가 질문하기 전에 사라가 말했다.

"나, 남자와 밥 먹는 건 이런 느낌이군요. 긴장해서 제가 무슨 말을 했는지도 기억이 안 남다. 가까이서 쳐다봐서 부끄러웠습다."

"그래……."

애매한 맞장구를 칠 수밖에 없었다.

사라의 목소리는 들떠 있었다. 평소보다 빠른 말로 첫 데이트가 나쁘지 않았다고 이야기했다.

티아는 헤어질 때 도미니크가 사라에게 했던 말을 떠올렸다.

『오늘 만나서 기뻤습니다. ……사라 씨는 정말로 예쁘네요. 가까이서 보고 특히 그렇게 느꼈습니다.』

『얘기해 보니 취향도 맞고, 참 착한 아이구나 싶었어요.』

『또 만나면 좋겠다고 기대하게 됩니다. 하지만 설령 만나지 못하더라도, 사라 씨처럼 예쁜 아이와 보낸 오늘은 제 평생의 추억이 될 겁니다.』

느끼한 대사지만, 그런 미남이 몇 번이고 말하는데 들뜨지 않을 소녀는 없을 것이다.

"도미니크 씨의 인상은 어때?"

물어보자 사라의 미간에 주름이 잡혔다.

"……으, 으음~ 아직 정리되진 않았지만, 역시 연애 감정은 아님다. 하지만 예쁘다고 해 주니까 기쁘다고 할까…… 쑥스러웠습다.

남성에게 그런 말을 들은 적은 별로 없었으니까요."

"응……."

"다만 도미니크 씨는…… 그게, 제가 멋지다고 생각하는 사람과는 달라서……. 물론 도미니크 씨가 나쁜 사람이라는 건 아니고요, 으음, 뭐라고 말하면 좋을까……."

그 후로도 사라는 뭐라고 계속 말하다가 최종적으로 「아~! 이상함다! 저 같은 게 사람을 고르고 있는 것부터가 이상함다!」 하고 머리를 싸맸다.

정보량이 너무 많아서 패닉에 빠져 있었다.

티아는 안절부절못하는 사라를 가만히 바라보았다.

'그거 아니? 그걸 사춘기라고 해.'

도미니크가 사라의 연애 대상인지 아닌지는 이제 문제가 되지 않았다.

이미 사라의 마음은 흔들리고 있었다. 도미니크를 택하지 않겠다고 결정한 것은 다른 누군가를 의식했기 때문이다. 필연적으로 자신의 외모도 신경 쓰이기 시작하리라. 그러면 연애 대상이 아니더라도 이성에게 외모를 칭찬받으면 기분이 나쁘지 않다.

사라가 스파이 훈련을 받느라 놓쳐 버린 것.

그녀가 맛보고 있는 것은— 청춘이다.

'나는 그걸 체험시켜 주고 싶었어. 다른 멤버들도 마주하길 바랐어. 그랬을 뿐인데—.'

분한 마음에 주먹을 움켜쥐었다.

'—왜 이런 결말이 되는 거야.'

도미니크의 마음을 읽은 뒤로 불길한 예감이 가시지 않았다.

티아는 결심하고 말했다.

"이, 있지, 사라. 전하고 싶은 말이 하나 있는데—."

"사라."

말을 마치기 전에 사라를 부르는 사람이 있었다.

모니카였다.

"잠깐 괜찮을까?"

고요한 눈이었다.

어느새 길의 정면에 나타나 있었다. 그 얼굴에 웃음기라고는 전혀 없었다.

모니카 옆에서는 릴리가 어색한 표정으로 고개를 숙이고 있었다.

"……모니카 선배?"

사라가 불안한 얼굴로 물었다.

"무슨 일 있었습까?"

"이런 건 일찌감치 말하는 게 나으니까. 바른대로."

모니카는 사라에게 봉투를 내밀었다.

사라는 의아해하며 봉투를 열었다. 봉투에서 나온 것은 시리타 대학의 재적 명부와 대량의 신문 기사 사본이었다.

"시리타 대학의 재학생을 조사했어. 4학년생 중에 「도미니크 마우라」라는 학생은 없었어. 웰리히콘 개발에는 애당초 학생이 관여하지 않았고, 토트 교수는 지난달 줄곧 해외 조사를 나가 있어서 어떤 학회에도 출석하지 않았어. 그 녀석의 말은 전부 엉터리야."

모니카는 동료들을 두고 떠난 후, 몰래 도미니크의 신변을 조사한 모양이었다. 릴리와 지비아도 도왔을 것이다. 그녀들이 도와주고 모니카가 진심으로 움직이면 이 짧은 시간에 대학 사무실에 잠입하는 것은 식은 죽 먹기다.

모니카가 증명한 것은 티아도 각오했던 진실이었다. 그의 마음을 읽자 보였던 것은— 상대를 이용해서 거금을 가로채고자 하는 더러운 탐욕이었다.

그 남자는 사라를 봉으로만 보고 있었다.

사라의 얼굴이 새파래졌다.

"어떻게 된 거죠……? 도미니크 씨는 분명—."

"본명은 타릭 푸푸케. 지난달에 체포됐었어."

모니카는 고했다.

"그 남자의 정체는 연애 사기꾼이야."

모니카는 담담히 이야기했다.

도미니크— 타릭은 학생이 아니었다. 백수 청년이었다. 자기보다 어린 소녀에게 기생하여 돈을 가로채 생계를 유지하고 있었다. 유복한 가정의 소녀에게 접근하여 애인이 되고, 돈 문제가 생긴 것처럼 연기했다. 그렇게 소녀가 걱정하도록 만들고, 부모가 소지한 고가의 물건을 훔쳐 오도록 유도했다.

피해자의 가정은 비참한 결말을 맞이했다. 사기는 대체로 딸의 행동을 수상히 여긴 부모에 의해 발각됐다. 금전적 피해만 주는 게 아니었다. 부모는 딸의 배신에 낙담하고, 딸은 최악의 실연에 마음을 닫았다. 부모와 딸의 유대는 무너지고 가정은 붕괴했다.

그런 불행을 퍼뜨리는 것이 타릭이란 남자였다.

"하, 하지만."

사라의 목소리는 떨리고 있었다.

"지난달에 체포됐다면 어째서 지금 밖에 있는 거죠……?"

"불기소 처분을 받았어."

모니카가 고개를 끄덕였다.

"증거 불충분으로 말이지. 피해자는 원통했을 거야."

딘 공화국의 사법에 아직 연애 사기라는 개념은 없었다. 소녀에게 금전과 선물을 받은 행위는 자유연애의 범위로 처리되어서 사기죄를 입증할 수 없었다.

그런 경위가 신문 기사 끄트머리에 적혀 있었다.

"어째서 재산 따위 없는 저를 타깃으로……."

사라는 여전히 현실을 받아들이지 못하는 것 같았다.

모니카는 담담히 이야기했다.

"조니 때문이야."

사라가 키우는 강아지의 이름이었다.

"지금 수도에서는 애완동물이 인기잖아? 조니는 네가 완벽하게 조교했어. 똑똑해서 마치 사람 말을 알아듣는 것처럼 행동해. 게다가 아직 강아지라 귀여울 때지. 셀럽에게 비싸게 팔아넘기면 상당한 금액을 챙길 수 있어."

"……!"

사라가 신음했다.

떠올렸을 것이다.

다음 데이트 때는 강아지를 데려오라고 지시받은 것을.

"지금 지비아가 타릭을 미행하고 있어. 친구랑 펍에 들어갔다고 해. 대화를 들을 각오는 되어 있어?"

모니카가 품에서 수신기를 꺼냈다.

사라는 숨을 삼키더니 자신의 몸을 꽉 끌어안으며 고개를 끄덕였다.

피식 웃는 타릭의 목소리가 흘러나왔다.

『……지금? 아아, 또 좋은 봉을 찾아서 만나고 왔어. 웃음이 날 만큼 순진한 아이야. 함락되는 건 시간문제려나. ……응, 맞아. 우선 부모의 지갑에서 돈을 훔치게 하고, 타이밍을 봐서 개를 훔칠 거야. ……그래, 진짜 웃긴다니까. 생각해 보면 알 수 있잖아. 그딴 촌스러운 애송이한테 첫눈에 반하는 남자가 있을 리—.』

거기서 음성이 끊겼다. 모니카가 수신기의 전원을 껐기 때문이다.

좋은 판단이었다. 이 이상은 옆에서 듣는 티아도 견딜 수 없었다.

하지만 사라의 마음을 후벼 파기에는 충분했던 것 같았다. 안색은 새파란 걸 넘어 새하얗게 질려 있었다. 다리가 후들거리고 있었다. 입술을 깨물고 있었다. 쓰러지려는 것을 버티듯 사라는 거친 숨을 내쉬고 있었다.

"걱정하지 마, 사라."

모니카의 목소리는 드물게도 상냥했다.

"내가 움직일 거야. 이 녀석은 죽음보다 끔찍한 일을 당할 거야."

사라의 어깨를 두드리고 혼잡한 거리 쪽으로 걷기 시작했다. 딱 봐도 모니카가 화났다는 걸 알 수 있었다. 티아까지 소름이 돋을 만큼 노기를 풍기고 있었다.

모니카를 따르듯 릴리도 걸어갔다. 릴리의 손에는 독침이 쥐어져 있었다.

그녀들이라면 완벽하게 복수해 줄 테지만—.

"스, 스톱입다!"

사라가 만류했다.

"그, 그러지 않으셔도 됩다……."

"어째서?"

모니카가 납득할 수 없다는 듯 얼굴을 찌푸렸다.

사라는 자조적으로 웃었다.

"제가 멍청했습다……. 역시 생각해 보면 알 수 있는 일이었습다. 저한테, 저 같은 사람한테 첫눈에 반했다는 얘기를 들었을 때 사기라는 걸 눈치채야 했습다. 그런 남성을 기대하는 것 자체가 우습고……

제가 연애라니 무모하고, 웃긴 일이고……."

도중에 목소리가 잠겼다. —눈물 때문이었다.

눈에서 눈물이 떨어지자 사라는 눈가를 가리고서 도망치듯 달려갔다.

「사라!」 하고 부르는 티아의 목소리도 듣지 않고 길모퉁이로 사라졌다.

당장 쫓아가야 했다.

하지만 다음 순간, 새로운 인물이 나타났다.

"방금 그 얘기, 정말인가요?"

"도미니크 씨는 사기꾼이야……?"

아네트와 에르나였다.

사라의 데이트가 일단락되어 놀고 있었던 모양이다. 막대 사탕을 들고서 거리에 나타났다. 에르나의 손에는 안 뜯은 사탕이 있었다. 분명 사라한테 주려고 샀을 것이다.

두 사람도 사태를 지켜본 것 같았다.

사라가 떠난 방향을 그늘진 눈으로 보고 있었다.

"나님—."

아네트가 사탕을 콰득 깨물어 부쉈다.

"—멋진 산책을 하고 올게요!"

"에르나도 따라갈래."

직감적으로 위험하다고 느꼈다.

수위 조절할 줄 모르는 두 사람이다. 타릭에게 과한 제재를 가할 수도 있었다. 특히나 아네트는 헤아릴 수 없는 무언가를 드러내고 있었다.

"스, 스톱. 둘 다 기다려!"

티아가 황급히 제지했지만—.

"왜 말려? 너는 화 안 나?"

모니카가 노려보았다.

"나는 역겨워. 사람의 순정을 갖고 노는 이딴 개새끼."

"모니카……."

"방해하지 마. 이 세상에는 손대면 안 되는 존재가 있다는 걸 이 녀석한테 가르쳐 줘야 해."

모니카의 눈은 냉엄했다. 어쩌면 사라에게 데이트를 권한 티아도 비난하고 있는 걸지도 모른다.

모니카의 분노는 타당했다.

동료의 순정을 가지고 논 녀석을 제재도 없이 내버려 둘 수는 없었다. 사법이 심판하지 못한다면 자신들이 직접 처리하는 것도 좋을 것이다.

그러라고 고개를 끄덕인다면 동료는 완벽하게 사라의 원수를 갚을 줄 터다.

"틀렸어."

하지만 티아는 고개를 가로저었다.

사적인 처벌로는 사라의 마음에 난 상처를 치유할 수 없다. 그런 복수에 의미는 없었다.

"시간을 줄래? 내가 더 알맞은 방법으로 결판을 낼게."

모니카가 미심쩍다는 얼굴로 쳐다보았다.

티아는 목소리를 높였다.

"말해 두는데— 나도 열받았어!"

모니카의 발언은 일리가 있었다.

철저하게 가르쳐 줘야 했다. 이 세상에는 손대면 안 되는 존재가 있다는 것을.

사라는 거리의 중심을 흐르는 시냇물 옆 벤치에 있었다.

손에는 식빵이 있었다. 사라가 식빵을 뿌리자 많은 비둘기가 모여들었다. 비둘기는 예의 바르게 먹이를 기다리고 있는 것처럼 보였다. 사라는 쓸쓸한 눈으로 식빵을 계속 뜯었다.

길 가던 커플이 유쾌하다는 듯 사라를 보고서 지나갔다.

"사라……."

티아가 말을 걸었다.

"바보 같죠……."

비애에 찬 목소리였다.

"들떴던 자신이 바보 같습다. 이런 일에 모두를 끌어들여서 창피함다……."

"……."

"최악임다. 제가 멋지다고 생각하는 사람은 따로 있는데…… 그런 남자한테 예쁘다는 말을 듣고 좋아했슴다……. 그게 분해서……."

굵은 눈물방울이 사라의 무릎으로 떨어졌다.

사라의 찢어진 마음이 보이는 것 같았다. 연애 사기는 피해자의 마음을 죽인다. 그건 티아가 가장 잘 알고 있었다. 그래서 티아는 미인계를 쓸 때 배려를 잊지 않았다.

그렇기에 타릭이 괘씸했다.

—동료의 순정을 흔든 인간을 결단코 용서할 수 없다!

사라는 괴롭게 호소했다.

"저도 그레테 선배처럼 멋진 사랑을 하고 싶었슴다……. 저 같은 게 할 수 있을 리가 없는데—."

"그렇지 않아!"

티아는 정면에서 사라의 어깨를 잡았다.

"미안해, 사라. 전부 내가 경솔하게 판단한 탓이야. 하지만 변명을 들어 줘. 나는 알려 주고 싶었어. 너는 정말로 매력적인 여자아이고, 연애를 즐길 자격과 권리가 있다는 것을. 팀원 모두가 알아줬으면 했어."

"티아 선배……."

"연애는 연애로 결판을 짓자. 더는 봐주지 않겠어."

티아는 요염하게 웃었다.

"이번에야말로 그 녀석이 진짜로 반하게 만드는 거야."

아지랑이 팰리스에 돌아온 티아는 동료들에게 지시를 내렸다.

"그레테, 이 그림대로 옷을 만들어 줄래? 사라의 체격보다 조금 크게. 릴리랑 에르나는 향수 만드는 걸 도와줘. 지비아는 미안하지만 뛰어가서 재료를 사 와 줄래? 아네트는 동양 요리점 목록을 만들고. 모니카는 계속해서 타릭의 동향을 조사해 줘."

세세하게 지시하여 동료를 움직였다. 『등불』 멤버들도 사라를 위해 지시에 따랐다.

동료에게 지시하면서 특히나 도움이 된다고 느낀 것은 릴리의 능력이었다. 릴리가 만드는 독은 마비독뿐만이 아니었다. 흥분하거나 취하게 만드는 독도 만들 수 있는 것 같았다. 그것만 활용해도 사랑의 묘약이 된다. 단기간에 승부를 낼 수 있을 듯했다.

"의욕적인 와중에 미안한데."

도중에 모니카가 찬물을 끼얹었다.

"네 지시에 따르면 타릭을 공략할 수 있다는 근거는 뭐야?"

"이미 마음을 읽었으니까. 그 남자의 욕망은 손바닥 보듯 알 수 있어. 사라가 원래 가지고 있는 매력이 더해지면 확실해."

스킬을 구사하여 펼치는 교섭술이야말로 티아의 진가였다.

"내가 양성 학교에서 낙오된 이유를 가르쳐 줄게."

티아는 자신의 가슴에 손을 얹었다.

"관계를 너무 많이 가졌기 때문이야. 남성 교관, 거리의 남자, 양성 학교의 소녀와도."

"흐응……."

티아는 동경하는 스파이가 있었다. 그 존재를 따라잡기 위해 기술을 갈고닦았다. 다른 사람을 매료하고 농락하여 조종하는 훈련을 쌓았다. 그 행위로 미움을 사서 부당하게 성적이 떨어질 만큼.

그 실력을 발휘하면 하찮은 사기꾼을 반하게 만드는 것 정도는 간단했다.

"연애에 관한 거라면 나는 무적이야."

『몽어』라는 코드 네임을 가진 티아의 진심이었다.

한편, 타릭은 기분이 좋았다.

이번 타깃을 속일 계획이 마련되었기 때문만은 아니었다. 친구와 펍에서 술을 마시고 있는데 옆자리에서 마시던 남자가 말을 걸어왔다.「형씨, 재미있는 얘기를 하네. 내가 술 살 테니까 사기 치는 비법 좀 알려 줘」하고.

처음에는 경찰인가 싶어서 경계했다. 하지만 이야기해 보고 금세 오해라는 걸 깨달았다. 상대방의 거동은 뭔가 조무래기 같았다. 설명에 일일이「오오!」「우와!」하고 놀랐다. 밑바닥을 전전하는 삼류 사기꾼이 틀림없었다. 마침내 자신도 존경받는 존재가 된 것이다.

대단한 인물은 아닐 것이다. **다른 특징을 지워 버릴 만큼 훌륭한 머시룸 헤어를 한 남자니까.**

『버섯남』이라고 마음속으로 명명했다.

"타깃 선정이 중요해요."

타릭은 의기양양하게 말했다.

"연애 사기의 장점은 피해자가 나서기 어렵다는 점이죠. 『그 사람이 사기꾼일 리 없다』『속아 넘어간 자신이 부끄럽다』 등등 피해자는 자신을 부끄러워해요. 특히 부잣집 애송이가 좋아요. 딸의 어리석은 짓이 알려지는 게 싫어서 부모가 경찰에 신고하지 않는 경우가 많거든요. 이렇게 이용하기 좋은 봉은 없어요."

"그렇다면 지금 노리고 있는 상대도?"

"네. 비싸게 팔릴 듯한 애완동물을 가진 갈색 머리 아이예요. 쭈뼛거리고 소심해 보이는 게 아주 좋은 봉이죠. 틀림없이 유복한 집안의 아이예요. 부모의 돈을 훔치게 한 다음에는 강아지를 훔칠 거예요."

예쁘다고 말해 주자 순진한 반응을 보였던 소녀를 떠올리고 타릭은 웃었다.

버섯남은 「흐응」 하고 맞장구를 치더니 일어났다. 그리고 타릭의 어깨를 두드렸다.

"고마워. 좋은 심심풀이가 됐어."

"시, 심심풀이?"

타릭의 눈이 크게 뜨였다. 사기 비법을 배우고 싶었던 게 아니었나?

"다만 거짓말 동업자로서 충고할게. —너, 센스 없어."

버섯남은 떠나갔다.

타릭은 아연히 바라볼 수밖에 없었다.

물론 그 남자가 가르가드 제국의 스파이인 『흰거미』라는 것을 타릭이 알 리 없었다.

타릭이 버섯남의 충고를 신경 쓸 이유는 없었다.

—사라라는 월척을 낚아 올리기 직전이었다. 당연히 센스가 있으니까 해낸 것 아니겠는가.

타릭은 콧노래를 흥얼거리며 집 근처에 있는 카페로 이동했다. 그러자 점장이 전언을 부탁받았다고 알려 줬다. 전화기가 없는 타릭은 단골 카페에 말을 전하게 했다. 전언의 내용은 사라의 두 번째 데이트 신청. 예상대로였다.

디너 장소는 사라가 지정했다.

레스토랑의 이름을 듣고 「오」 하고 놀랐다. 타릭이 줄곧 관심 있었던 동양 요리점이었다. 감탄했다. 심지어 타릭이 제일 좋아하는 요리를 예약했다고 했다. 그걸 좋아한다고 말한 적은 없었다. 생각지 못한 우연이었다.

그 후 일주일간 타릭은 무의식적으로 데이트를 기대했다.

휴일 밤, 레스토랑 앞에서 사라와 합류하고 타릭은 동요했다. 사라는 항상 쓰고 다니던 모자를 벗고 머리를 살짝 묶고 있었다.

'어라? 이 아이, 이렇게 예뻤던가?'

긴장했다. 사라의 외모는 타릭의 취향에 가까워져 있었다. 최근 빠져 있는 여배우와 머리 모양이 똑같았다. 너무 화려하지 않은 원피스는 타릭의 첫사랑이 입었던 것과 똑같았다. 은은히 풍기는 향수도 타릭의 뇌를 강하게 흔들었다.

자리에 앉자 사라는 예약하지 않은 요리도 막힘없이 주문했다. 타릭이 좋아하는 것들만 주문하고서 「사실 제가 좋아하는 요리들이에요」 하고 웃었다.

심장이 크게 뛰었다.

목이 타서 먼저 나온 술을 단숨에 들이켰다. 가슴이 큰 은발 웨이트리스가 갖다준 술이었다. 약품 같은 맛이 났지만 전혀 신경 쓰이지 않았다. 술을 마신 직후부터 심장 고동이 한층 빨라진 것 같았다.

「최근 신경 쓰이는 게 있는데」 하고 사라가 고개를 살짝 기울이며 말했다.

그건 타릭이 좋아하는 여성의 동작이었다.

「아버지의 취미가 레코드 수집이어서요」 하고 사라가 밴드 이름을 말했다.

전부 타릭이 미치도록 가지고 싶어 하는 명반들이었다.

「아, 잔이 비었네요. 다음엔 어떤 걸 드실래요?」 하고 사라가 메뉴를 내밀었다.

그 배려도 타릭은 아주 마음에 들었다.

한층 매력적으로 변한 사라와 함께 두 시간 동안 약품 맛이 나는 술을 마시면서 타릭은 완전히 흥분했다. 피가 온몸을 휘도는 느낌마저 들었다.

—혹시 운명 아닐까.

반짝이는 예감이 가슴을 점령했다. 연애 사기꾼으로서 많은 소녀를 만났지만 사라만큼 취향인 여자는 없었다.

'자세히 보니 피부도 하얗고, 지켜 주고 싶고, 엄청 예쁘잖아.'

어떻게 해서든 가지고 싶어졌다. 설레는 마음을 억누를 수 없었다.

"저, 저기."

타릭은 승부를 서둘렀다.

"사라 씨만 괜찮다면 식사 후에 저희 집에 가지 않을래요? 시간도 늦었고, 묵고 가세요."

"감사합니다, 도미니크 씨. 하지만 하나 확인해도 될까요?"

"확인? 잠옷이나 칫솔이라면 일단—."

"본명은 타릭 푸푸케. 사기꾼이죠?"

냉랭한 눈동자가 눈앞에 있었다.

등골이 서늘해졌다.

사라는 타릭의 개인 정보를 담담히 말했다. 부모의 집 주소부터 단골 카페까지. 전부 정확하게.

세상이 무너지는 것 같았다. 오늘 밤은 이상적인 여인을 안을 수 있을 줄 알았는데.

"아, 아니."

타릭은 식은땀을 흘렸다.

"하지만 당신을 향한 마음은—."

"괜찮습니다."

"네?"

"오늘 밤 타릭 씨의 집에 가도 좋습다. 다만 지금까지 당신이 했던 일을 솔직하게 가르쳐 주세요. 정말로 저와 교제하고 싶다면—그게 조건입다."

사라는 자애롭게 미소 지었다. 모든 죄를 사해 주는 성모 같은 얼굴이었다.

"타릭 씨도 괴로웠겠죠. 부모의 기대에 짓눌려서 사실은 타릭 씨가 가장 괴로웠어요. ……괜찮습다. 제 앞에서는 솔직해지세요."

뇌가 흐물흐물 녹아내리는 느낌이었다. 자신보다 어린 소녀에게 어리광 부린다는 미지의 감각에 몸이 뜨거워졌다.

본능이 이성을 초월했다.

미끄러지듯 말이 나왔다. 거짓말하자는 생각은 들지 않았다. 전부 실토하고 싶었다. 이 운명의 상대라면 전부 받아 줄 것이다. 받아 주고 사랑해 줄 것이다.

모조리 고백했다. 자신이 속였던 소녀들의 이름, 사기 경위, 빼앗은 금전. 무엇도 숨기지 않고.

사라에게 전부 말하고 싶었다.

"……이게 다입니다."

단숨에 말을 끝내고서 타릭은 아첨하듯 머리를 숙였다.

"하, 하지만 저는 손을 씻을 겁니다. 이 마음에 거짓은 없습니다. 그러니까—."

"안타깝지만."

사라가 일어섰다.

"그런 달콤한 이야기는 없슴다."

냉엄하게 말하고서 뭔가를 꺼냈다.

사라는 작은 기계를 들고 있었다. 녹음기일까.

"이걸 경찰에 넘길 검다. 사기죄로 입건하지 못했던 아이들을 위해."

냉수를 뒤집어쓴 느낌이었다.

갑자기 정신이 돌아왔다.

"저, 저를 속인 겁니까?"

"그건 피차일반임다. 그럼 저는 돌아가겠슴다."

사라는 안타깝다는 듯 고개를 가로젓고 자리를 떴다.

타릭은 냉정하게 판단할 수 없었다. 자신의 취향에 완벽하게 부합하는 소녀가 떠나려 하고 있었다. 본능이 깨달았다. 붙잡아야 한다.

"기, 기다려 주—."

사라의 어깨로 꼴사납게 팔을 뻗었고, 닿기 직전에 그 팔을 붙잡혔다.

"이 아이한테 손대지 마."

장신 장발의 남자가 서 있었다. 대체 언제부터 서 있었는지 알 수 없었다. 반듯하게 정장을 입고서 냉철하게 타릭을 보고 있었다.

저도 모르게 신음이 흘러나올 만큼 아름다운 남성이었다.

타릭은 움직일 수 없었다. 장발의 남자는 그다지 팔에 힘을 주지 않았다. 하지만 다리가 제멋대로 후들거려서 그대로 레스토랑 바닥에 주저앉고 말았다.

"타릭 씨. 한순간이라도 저를 좋아해 주셔서 고맙습다. 자신감이 생겼습다."

사라가 온화한 얼굴로 말했다.

"하지만 저는 더 멋진 남성을 알고 있어서요."

이윽고 그녀는 장발 남자와 깍지를 끼고서 떠났다.

―이상적인 사랑이 부서졌다.

세상을 집어삼킬 듯한 절망감에 휩싸여 타릭은 크게 울부짖었다.

밤의 골목에서―.

"저, 저기, 선생님? 원래는 남장한 그레테 선배가 오기로 했었는데."

"음? 아아, 티아에게 부탁받았어. 사정은 간단히 들었어."

"그랬군요…… 아, 저기, 손이……."

"조금 더 잡고 있지. 지금은 애인인 척하는 게 나아."

"아, 넵! 면목 없습다."

"사과하지 않아도 돼. 네 나이에 연애에 관심을 가지는 건 당연해."

"……그렇죠. 한심하게도 들뜨고 말았습다. 저도 언젠가 사랑을 해 보고 싶어서."

"그럼 이대로 거리에 갈까."

"네?"

"애인 역할이 나인 건 미안하지만. 열심히 에스코트하겠어. 극상의 시간으로 만들겠어. 언젠가 네가 겁먹지 않고 다시 사랑에 한 걸음 내디딜 수 있도록."

티아는 고양되어 있었다.

"마침내 내 시대가 왔어!"

러브레터 사건을 해결한 직후였다.

결국 타릭은 사기 용의로 다시 체포되었다. 그에게 당한 피해자가 증거를 토대로 경찰에 신고했기 때문이다. 불기소 처분을 받았던 사건이 재심리되어 조만간 형사 재판이 열릴 듯했다. 설령 미죄 처분으로 끝나더라도 열 개가 넘는 민사 재판이 기다리고 있었다. 처벌을 단념하고 넘어갔던 피해자들의 집에 증거가 든 발신인 불명의 봉투가 도착하면서 공동으로 그에게 민사 배상을 청구했기 때문이다. 타릭은 한동안 제대로 된 생활을 보내지 못할 것이다.

이 결과를 보고 『등불』의 동료들은 티아에게 찬사를 보냈다. 타릭이 사라에게 반하도록 만든 수완은 역시 대단하다고 말할 수밖에 없었다. 특히 그레테는 「……스승님, 평생 따르겠습니다」 하고 눈을 반짝였다.

그래서 티아는 제 세상을 만난 것처럼 의기양양했다.

"나한테 맡겨, 그레테. 오늘이야말로 선생님을 함락할 계획을 세웠어."

"……네. 꼭 들려주세요."

"후후, 겸사겸사 『항복』이란 말을 들어서 선생님을 이기자."

"……네, 이것도 훈련이죠."

"계획의 핵심은 바니걸 옷이야!"

"바니……? 그건 어떤 옷인가요?"

그레테의 침실에서 클라우스를 타도하기 위한 계획이 세워지기 시작했다.

한편—.

"클라우스 씨."

"음? 모니카, 무슨 일이지?"

"어째서야? 티아의 미인계가 안 통하는 이유."

"얘기가 길어질 텐데 상관없나? 내 마음은 소나기철이 끝나 가는 여름 하늘의 구름처럼—."

"짧게 부탁해."

"……티아의 미인계는 일단 마음을 읽는 것부터 시작되니까."

"아아, 클라우스 씨한테는 무리인가."

"그런 거지. 그 결과, 티아는 막무가내로 시도할 수밖에 없고—."

"티아를 따르는 그레테도 헛나가고 있는 거네."

"……나는 대체 어떻게 행동해야 하는 거지. 최근엔 과격해져서 대응하기 곤란해."

"어? 나한테 물어봐도 곤란해."

클라우스의 마음고생도 모르고 티아의 폭주는 멈추지 않았다.

"……서, 설마 이런 선정적인 의상이 개발됐을 줄은 몰랐습니다."

"응, 나도 보자마자 딱 감이 왔어. 선생님을 함락할 방법은 이것뿐이야!"

"하지만 이걸 입는 건 역시 긴장되네요……."

"걱정하지 마. 나도 같이 입을 거야. 선생님은 한 방에 녹아웃되겠지."

"티아 스승님……!"

활기를 띤 대화는 한동안 계속되었다.

—실패한 티아가 「어째서어!」 하고 울부짖을 때까지 앞으로 한 시간.

막간 인터벌①

아네트와 에르나는『클라우스는 너를 사랑한다』라는 문장을 보고 복도에서 굳어 있었다. 이윽고 에르나는「노, 노오오오오오오오」하고 외치며 아까 릴리가 그랬던 것처럼 새빨개진 얼굴로 비틀비틀 복도 저편으로 사라졌다.

반면 아네트는 냉정했다.

과거를 떠올리듯 몇 초 동안 눈을 감고 있다가 쾌활하게 씩 웃었다.

"나님! 악질적인 유언비어라고 생각해요!"

그리고 진실에 도달했다. 이유는 알 수 없으나 그녀는 만족했는지 주방으로 갔다.

주방에서는 모니카가 물을 끓이고 있었다. 홍차를 마시려는 것 같았다.

"아네트."

모니카가 물었다.

"아까 릴리랑 에르나가 새빨개진 얼굴로 지나갔는데 왜 그런지 알아?"

"나님, 그 원인을 가지고 있어요!"

아네트는 고발문을 높이 들었다.

"모니카 누님한테 줄게요! 이걸 읽으면 전부 알 수 있어요!"

"흐응, 고마워."

모니카에게 물건을 건넨 아네트는 냉장고에서 우유병을 꺼내고 찬장에서 케이크를 챙겨 바로 주방을 떠났다. 자세한 설명은 없었다.

주방에 혼자 남은 모니카는 문서를 읽었다. ―『클라우스는 너를 사랑한다.』

"이게 뭐야……?"

노골적으로 얼굴을 찌푸렸다.

"……아네트, 이거 나한테 쓴 거야? ……없네."

모니카는 문서를 어떻게 해석하면 좋을지 알 수 없었다. 릴리와 에르나는 클라우스가 모니카를 사랑한다는 사실에 놀라서 동요한 걸까? 아니면 다른 사람에게 쓴 고발문일까.

'……혹시 정말로 나인가?'

일순 그 가능성을 생각하고 「……시시해」라고 중얼거리며 문서를 조리대 위에 놓았다.

네 번째 오해.

3장 case 에르나

호화 여객선 에크레타누크.

에크레타누크는 딘 공화국의 여객선이다. 대전 직후에 뷰마루 왕국의 배를 참고하여 만든 것으로, 전장 258미터, 속력 23노트, 여객 정원은 2천 명을 넘는, 공화국을 대표하는 배였다. 공화국에서 출항하여 일주일 뒤 무자이아 합중국의 미타리오에 도착하는 노선으로 운행되었다. 승무원은 천 명 가까이 되어서, 작은 마을이 그대로 대해를 이동하는 수준의 스케일이었다.

긴 항해에 승객들이 지루해하지 않도록 내부에는 여러 가지 궁리가 되어 있었다. 댄스홀, 당구대, 독서실 등 다양한 시설이 있었고, 레스토랑은 최신 주방 설비를 갖춰서 갓 구운 빵은 물론이고 전 세계의 미식을 즐길 수 있었다.

유일한 단점은 비싼 승선 요금이지만, 운영 회사가 대대적으로 신문 광고를 내서 늘 예약이 쇄도했다. 세계 대전이 끝나고 10년이 지나면서 생활에 조금 여유가 생긴 중류층이 평화가 깨지기 전에 장기 여행을 즐기려고 재산을 쾌척했다. 한 달에 한 번 있는 항해는 매번 만원이었다.

최근 몇 년 사이 가장 맑은 날씨로 출항을 맞이한 날, 선내에 독특한 승객이 있었다.

한 남성과 여덟 소녀였다.

그들의 신분은 제각각이었다. 세 명은 가구 판매 회사의 사원이라고 했고, 한 명은 재즈 뮤지션 지망생, 한 명은 여대생, 한 명은 수습 신문 기자, 나머지 세 명은 미타리오에 사는 친척을 찾아가는 학생이었다.

남들이 보기에는 아무런 공통점도 없는 타인이었다.

침실도 따로 썼고, 레스토랑이나 독서실에서도 담소하지 않았다. 낮에는 언어를 공부하거나 운동실에서 트레이닝을 하는 등 제각각 보냈다. 아는 사이라는 티는 전혀 내지 않았다. 하지만 그녀들은 스쳐 지나가면서 이따금 누구도 눈치채지 못하도록 몰래 눈짓을 교환했다. 그리고 많은 승객이 잠든 밤에 소리 없이 복도를 이동하여 누군가의 방에 모였다.

항해 둘째 날에도 남성을 제외하고 소녀들은 한 객실에 모여 있었다.

밤의 장막이 내린 시간, 좁은 객실 바닥에 여덟 소녀가 둥글게 앉아 있었다. 다들 팔짱을 끼고서 진지한 표정을 짓고 있었다. 팽팽한 긴장감이 객실을 가득 채웠다.

중앙에는 트럼프 카드가 다섯 세트 있었다.

가슴이 큰 은발 소녀가 천장을 가리키며 드높이 외쳤다.

"제1회 미타리오 퀴즈 짝맞추기 대회~~!"

“““““““““예~~~~이!!”””””””””

그들의 정체는 첩보 기관『등불』.

결전의 땅으로 향하는 스파이팀이었다.

—미타리오 결전, 이동 중.

결전의 시간이 마침내 찾아왔다. 국내에서 임무를 준비하고 컨디션 조정을 끝낸 소녀들은 공화국을 떠나『뱀』이 잠복한 무자이아 합중국으로 이동하고 있었다.

강적과의 결전이 다가옴을 느낀 소녀들은 가는 길에도 긴장을 풀 수 없었다.

선내라고는 하지만 국외였다. 그녀들은 이미 신분을 위장하고 가짜 여권으로 승선해 있었다. 스파이라는 것을 다른 사람들에게 들켜서는 안 됐다. 신중하게 행동해야 했다.

그러면서도 남은 시간에는 훈련에 힘써야 했다. 안 그래도 실력이 부족했다. 항해 기간 일주일을 헛되이 쓸 수는 없었다. 임무 장소의 지식을 많이 축적하고, 근력을 기르고, 선내에서 할 수 있는 훈련을 해야 했다.

다만 그 방법에는— 아주 조금 놀이가 포함되어 있었다.

◇◇◇

『1등 모니카·에르나　108장
2등 릴리·티아　　82장
3등 그레테·사라　　68장
4등 아네트·지비아　2장』

“나님, 다시는 지비아 누님과 짝이 되고 싶지 않아요!”

“아니, 진짜 미안, 정말 미안. 사과할게. 매점에서 아이스크림 사 줄게. 응?”

뺨을 부풀리는 아네트에게 지비아가 손을 맞대고서 연신 머리를 숙였다.

짝맞추기 대회에서 꼴등을 한 팀이었다.

임무 장소의 법률이나 문화와 관련된 문제가 적힌 카드와 그 답이 되는 카드를 맞추는 특수한 짝맞추기였다. 기억력과 판단력을 시험받는 게임이었다. 제비뽑기로 정해진 두 사람이 팀이 되어 교대로 카드를 뒤집는 규칙이었는데, 애초에 지비아가 문제를 읽지 못한다는 것이 발각되었다. 지비아가 사전을 한 손에 들고 도전한다는 궁색한 플레이를 하는 바람에, 기억력이 뛰어난 아네트가 발목을 잡혀 패배했다.

“스파이가 임무 장소의 언어를 아직도 익히지 못했다니, 임무가 우스워?”

모니카도 지비아를 눈을 날카롭게 뜨며 쳐다보았다.

"아, 아니."

지비아는 부끄러운 듯 머리를 긁적였다.

"최근 사격이라든가 격투라든가 잠입이라든가 그쪽에 힘을 쏟느라. 너도 같이 훈련했잖아."

"언어 정도는 당연히 익혔을 줄 알았지!"

"괜찮아. 들을 수 있고 말할 수 있어. 그저 읽고 쓰는 데 조금 문제가 있을 뿐……."

"네 신분은 신문 기자지만 말이야."

"나님, 지비아 누님의 암기력을 높이기 위해 전류 머신을 만들게요!"

"너무 과하지 않아?!"

모니카와 아네트가 지비아를 비난했다.

그렇게 떠들썩한 세 사람 옆을 한 소녀가 의기양양한 얼굴로 지나쳤다.

모니카와 팀이 되어 짝맞추기 대회에서 우승한 에르나였다.

'에르나, 확실하게 활약했어.'

우수한 모니카와 한 팀이 된 것도 승리의 원인이지만, 에르나도 확실하게 승리에 공헌했다.

그녀는 즐거운 마음으로 자신에게 상을 주기 위해 복도로 나갔다.

—이번에 에르나는 호화 여객선 에크레타누크에서 기적을 일으키게 된다.

하지만 그 사실을 아직 알 리 없었다.

에르나는 선내 담화실에서 따뜻한 코코아를 마시며 한숨 돌리고 있었다.

자정을 넘긴 시간이었다. 야간임에도 불구하고 꽤 사람이 많았다. 카펫이 깔린 공간에 푹신푹신한 가죽 소파가 몇십 개나 있었는데 비어 있는 소파는 절반도 되지 않았다. 다들 호화로운 인테리어에 기분이 고양되어 잠들지 못하는 것 같았다. 평생에 한 번 있을 여행으로 승선한 사람도 있을 터다. 술을 마시며 관광 가이드를 펼쳐 놓고 이야기를 나눴다. 공통점은 다들 즐겁게 웃고 있다는 것이었다.

반면 에르나는 매우 졸렸다.

평소 같으면 진즉에 잠들었을 시간이었다. 당장 침대에 파묻히고 싶지만, 현재 객실에서는 모니카와 아네트가 지비아에게 설교를 늘어놓고 있었다. 담화실 구석에서 멍하니 코코아를 마시며 시간을 때우는 게 나았다.

'요즘 계속 훈련해서 피곤해.'

부드럽고 달콤한 코코아를 마시며 크게 숨을 내쉬었다.

임무에 대비하여 평소보다 열심히 훈련하느라 수면 시간마저 줄이고 말았다. 이건 몸에 좋지 않았다. 본격적으로 임무가 시작되면 더 가혹한 나날이 될 것이다.

하지만 이렇게 몰아붙여야만 하는 사정이 있었다.

—에르나는 양성 학교의 낙오자였다.

남들과 잘 어울리지 못했고 낯을 많이 가렸다. 스파이 임무에는 당연히 대인 스킬이 요구되는데 에르나는 그게 치명적으로 부족했다. 필기시험 성적은 좋아도 실기시험에서는 성과를 내지 못했고, 특히 팀워크가 필요한 장면에서는 늘 팀원의 발목을 잡았다.

그래서 『등불』에 들어오고 나서는 특히나 연계를 훈련했다.

자신의 체질인 불행 체질로 어떻게 팀원들을 도울 수 있을지 필사적으로 생각했다. 동료인 아네트와 사라에게 상담하며 적극적으로 의사소통을 시도했다.

그리고 그 성과가 마침내 시험대에 오르려고 했다.

'하지만 살짝 과하게 몰아붙여서 졸려…….'

단련에 진지하게 임한 증거이기도 한 기분 좋은 피로였다.

소파에 깊이 앉은 에르나가 꾸벅꾸벅 졸고 있으니—.

"아아, 더는 무리야. 달성할 수 있을 리가 없어!"

옆에서 여성의 목소리가 들렸다.

"무리야, 무리. 이해가 안 가. 지금까지 열심히 했지만, 왜 내가 이런 일을……. 그냥 도망칠까? 응, 그러자! 도망치면 돼!"

커다란 혼잣말이었다.

뭔가를 한탄하고 있는 것 같았다. 패닉에 빠졌는지 심정을 그대로 소리 내어 말하고 있었다. 목소리에서 초조한 감정이 전달되어 에르나는 잠을 잘 수 없었다.

"응……?"

눈을 뜨고 옆 소파를 보니 이미 여성은 없었다. 어딘가로 가 버린 것 같았다.

—그 여성은 뭘 고민했던 걸까.

멍하니 생각하다가 소파에 화장품 파우치가 놓여 있는 것을 발견했다.

"……응? 분실물?이야."

여성이 깜빡 놓고 간 듯했다.

승무원에게 넘기려고 파우치를 들었다. 들어 보니 파우치는 묘하게 무거웠다. 익숙한 중량이었다.

불길한 예감이 들어서 에르나는 바로 안을 확인했다.

권총이 들어 있었다. 38구경 리볼버. 일반인 여성이 들고 다닐 물건은 아니었다.

—명백하게 위험한 물건이었다.

권총이 있는 곳에 어떤 문서가 접혀 있었다. 문서의 서두에는 꼼꼼한 글자로 다음과 같이 적혀 있었다.

『「태양을 모시는 단」 여객선 에크레타누크 납치 계획서』

◇◇◇

에르나는 즉각 보스인 클라우스에게 갔다.

장신 장발의 아름다운 남성이었다. 여성으로 오인할 만큼 반듯하게 생긴 그는 유희실에서 승객과 포커를 하고 있었다. 너무 이기지도 지지도 않는 성적을 유지하면서 상류 계급으로 보이는 사람의 환심을 사며 임무 장소의 소문을 모으고 있었다.

에르나가 긴급 사태를 뜻하는 수신호를 보내자 그는 곧장 위기를 알아차린 것 같았다. 지체 없이 포커를 마무리하고 여객선의 갑판으로 소녀들을 모았다. 밤중 갑판에는 어두운 곳이 여럿 있어서 숨기 적합했다. 거대한 배기관 뒤에 『등불』의 멤버가 모였다.

클라우스는 에르나가 건넨 계획서를 속독하고서 「이건 위험한데」 하고 결론을 내렸다.

"상당히 대대적인 계획이야. 만약 이 계획서대로 중화기와 인원이 준비되었다면 이 여객선을 강탈할 수 있을지도 몰라."

만약 그런 일이 실현된다면 희생자가 나올 테고, 『등불』의 임무에도 영향을 미칠지 몰랐다.

그레테가 손을 들었다.

"이 『태양을 모시는 단』이라는 건 어떤 조직일까요……?"

"나도 한 번 들은 적이 있을 뿐이야. 작은 신흥 종교 단체라고 들었는데, 설마 이런 호화 여객선을 강탈할 만한 세력으로 성장했을 줄은 몰랐어."

클라우스는 다시금 계획서를 보았다.

“아무래도 시간은 얼마 남아 있지 않은 것 같아. 새벽 동이 틀 때 결행하려는 모양이야.”

소녀들은 숨을 삼켰다.

선박 납치 결행까지 다섯 시간도 남지 않은 상태였다.

당장 막아야 하지만, 계획서에 적혀 있는 것은 인원과 무기, 결행 일시뿐이었다. 이 선내에 백 명 이상의 신도가 숨어 있는 것 같지만, 어떤 승객이 『태양을 모시는 단』의 신도인지는 판단할 수 없었다. 승무원을 포함하면 배에는 3천 명이 넘는 사람이 있었다.

—상대는 정체불명의 신흥 종교 단체.

중대한 사태라 긴장감이 감돌았지만—.

“괜찮아요.”

이런 궁지에 오히려 호전적으로 웃는 소녀가 있었다.

릴리였다.

“마침 잘됐어요. 이후 임무에 대비한 몸풀기예요. 후딱 정리해버리죠.”

“그렇지. 이대로 간과할 수도 없어.”

클라우스가 고개를 끄덕였다.

“긴급 임무다. 나도 참가하겠어. 다 같이 선내를 조사하여 선박 납치를 저지하자. 괜한 혼란을 일으키지 말고 은밀하게 처리하도록. 성장한 너희의 실력을 마음껏 발휘해라.”

그 지시를 받고 여덟 소녀는 일제히 흩어졌다.

숨어서 정보를 모으는 것은 그녀들의 특기였다. 선내에서 혼란이 일어나기 전에 주모자를 잡아 결행을 저지하는 것이 조건이었다. 어렵지만 두렵지는 않았다.

멤버들의 가슴에 클라우스의 말이 울리고 있었다.

—자신의 성장을 보여 줄 때가 왔다.

그녀들은 국내에서 임무 경험과 훈련을 쌓고 다시 해외에서 스파이 활동에 임하려던 차였다. 릴리가 말한 대로 몸풀기로 딱 좋았다.

소녀들은 역할을 분담하여 선내를 돌아다니기 시작했다. 다음에 모이는 것은 정보를 얻고 나서다.

절도의 달인인 지비아는 승무원에게서 열쇠를 훔쳐 직원실에 숨어들었다. 무수한 동물을 조종하는 사라는 개의 후각을 이용하여 중화기를 찾았다. 변장 전문가 그레테는 승무원 행세를 하며 객실을 둘러보았다. 공작이 특기인 아네트는 배관을 본뜬 도청기를 복도에 설치해 나갔다.

그리고 에르나는 유괴된다.

이번에 소녀들은 크게 둘로 나뉘어서 선박 납치 계획을 쫓았다.

한쪽은 클라우스가 이끄는 『등불』 멤버.

가장 먼저 활약한 사람은 보스인 클라우스였다. 그는 릴리와 함께 일등 객실이 늘어선 복도를 걷다가 갑자기 멈춰 섰다.

이미 밤이 깊어서 돌아다니는 사람은 별로 없었다. 이 층은 조용한 여행을 즐기고 싶은 상류층이 차지하고 있을 것이다. 유화가 걸려 있는 복도에는 배식차를 밀며 맥주를 나르는 직원이 한 명 있을 뿐이었다.

30대 중반으로 보이는 남자 직원은 클라우스와 릴리에게 머리를 숙이고서 지나가려고 했다.

클라우스가 갑자기 그 직원의 목을 오른손으로 잡았다.

"너는 선박 납치에 관해 뭔가 알고 있지?"

얼음처럼 차가운 목소리였다.

"어, 어떻게 내가 알고 있다는 걸……?"

직원의 눈이 휘둥그레졌다.

"그냥 알았어."

클라우스는 쌀쌀맞게 대답하고서 오른손에 힘을 줬다.

직원이 분한 듯 인상을 썼다. 그는 『태양을 섬기는 단』의 신도인 것 같았다.

"우, 우리의 결속은 단단합니다. 절대 정보를 실토하지 않을 겁니다!"

"그런가. 고문은 별로 안 좋아하지만 어쩔 수 없지."

클라우스는 왼손을 품에 넣어 단검을 꺼냈다.

물론 단순한 협박이었지만 일반인에게 겁을 주기에는 충분했다. 직원의 눈썹이 아래로 처지며 울 것 같은 얼굴이 되었다.

"에, X님의 완벽한 계획에 먹칠을 할 수는 없습니다……!"

“X? 그 녀석이 이번 일을 계획했나?”

“대도사님께서 신뢰하시는 사인방 중 한 분입니다. 아무리 협박해도 이 이상은 말하지 않을 겁니다. X님의 정체는 저도 모릅니다. 누구에게도 모습을 보이지 않는 천재 책략가니까요. 저희가 이만큼 커질 수 있었던 건 전부 X님 덕분입니다……!”

직원이 괴로워하며 말하자 클라우스는 곧장 그를 풀어 줬다. 바닥에 주저앉은 직원을 냉랭한 눈으로 바라보고서 릴리에게 말했다.

“릴리, 이 녀석을 재워.”

“네, 알겠습니다.”

“그리고 다른 동료에게 전해. 이번 일의 주모자는 대도사님이라는 녀석과 X라는 인물이야.”

청년을 포박하여 창고에 넣고 클라우스는 다음 신도를 찾으러 갔다.

비슷한 광경이 선내 곳곳에서 펼쳐지고 있었다.

『등불』의 멤버는 밖에서부터 조금씩 『태양을 모시는 단』에 다가갔다.

그리고 또 다른 쪽―.

에르나는 화장품 파우치를 끌어안고서 선내를 돌아다니고 있었다.

‘일단 이 파우치를 놓고 간 언니를 찾는 거야.’

어떻게 생겼는지 제대로 못 봤지만 목소리는 들었다. 사정을 알고 있을 그녀를 찾는 것이 사건 해결의 지름길이었다. 상대방이 파우치를 볼 수 있도록 들고서 돌아다니면 뭔가 반응을 보일 것이다.

에르나는 눈에 띄도록 파우치를 높이 들고 선내를 걸었다.

그러자— 불행의 조짐이 느껴졌다.

강렬한 냄새가 났다. 순간적으로 피하려고 했지만 불가능했다. 복도 옆에서 남자 다섯 명이 에르나에게 달려들었다. 뛰어난 반사신경으로 반응은 했지만 좁은 선내에서는 도망칠 수 없었다.

남자들은 에르나를 붙잡아 둘러멨다.

"응? 노오오오오오오?!"

비명을 질렀지만 어쩔 방도가 없었다.

그대로 에르나는 유괴당했다.

영문도 모른 채 끌려간 곳은 리넨실이었다. 많은 침구와 담요 등이 격납되어 있었다.

에르나는 새 이불이 쌓여 있는 곳에 정중하게 내려졌다. 푹신푹신하니 편안했고 청결한 비누 냄새가 났다.

아무래도 에르나를 폭행할 마음은 없는 것 같았다.

회색 재킷을 입은 남자 다섯 명이 에르나 앞에 나란히 서 있었다.

"무례를 저질러서 죄송합니다. 그곳은 조금 눈에 띄었기에."

"……?"

"표식인 그 파우치…… 아아! 드디어 뵙게 되었네요. 영광입니다!"

남자들은 감격한 모습으로 무릎을 꿇었다. 어째선지 눈물을 글썽거리고 있었다.

그리고 상황을 이해하지 못한 에르나를 향해 공손하게 머리를 숙였다.

"X님! 부디 저희 『태양을 모시는 단』에 지혜를 전수해 주십시오."

"……응?"

아무래도 커다란 착오가 발생한 것 같았다.

이리하여 에르나는 내부에서 『태양을 모시는 단』을 조종해 나가게 되었다.

에르나는 우락부락한 남자들을 따라가며 초조해하고 있었다.

'뭔가 엄청난 상황이 됐어…….'

그들은 에르나가 X라는 인물이라고 믿어 의심치 않았다. 경애하는 인물과 만나서 기쁜지 흥분한 모습으로 에르나에게 말을 걸어왔다.

그들의 이야기를 통해 추측해 보건대 다음과 같은 상황인 것 같았다.

—『태양을 모시는 단』은 『대도사님』이라는 고령의 남성을 중심으로 한 작은 종교 단체였다. 하지만 X라는 인물이 가입하면서 조직은 급속도로 커졌다. 육군이나 경찰의 단속을 피하기 위해 X는 절

대 모습을 드러내지 않고 편지로 교단에 지시를 보낼 뿐이었다. 그 운영 능력은 대단해서 『태양을 모시는 단』은 비원을 이루기 직전까지 왔다. 계획은 최종 단계에 들어섰고 X는 마침내 신도들 앞에 모습을 드러낼 예정이었다. 파우치가 합류의 표식이었다.

신도들은 빠르게 이야기했다.

"설마 X님이 이렇게 어린 여성일 줄은 몰랐습니다. 합류해서 정말로 다행입니다. 현재 대도사님의 몸 상태가 좋지 않아서 저희도 불안했던지라……."

X는 매우 신뢰받고 있는 듯했다. 그저 합류했을 뿐인데 이렇게나 안심하다니.

"으, 응……."

에르나는 애매하게 고개를 끄덕일 수밖에 없었다.

"음?"

그러자 신도 한 명이 의아한 표정을 지었다.

"왜 그러십니까? 설마 우리는 뭔가 실수를……."

에르나의 흐린 표정을 미심쩍게 여긴 것 같았다. 불안과 의혹이 서린 목소리로 말했다.

X라는 건 오해라고 사실을 말해 주려다가 에르나는 꾹 참았다.

'아니! 이건 엄청난 기회일지도 몰라!'

운 좋게도 타깃인 종교 단체에 접근하게 되었다. 이용하지 않을 이유가 없었다. 이대로 X인 척하면 많은 정보를 얻을 수 있을 터다.

그리고 정보를 정리하니 어떤 결론에 다다랐다.

—진짜 X는 도주했다.

화장품 파우치를 가지고 있었던 여성은 『도망치면 돼!』라고 말했었다. 막상 선박 납치를 실행하려니 무서워져서 포기한 것이다.

그렇다면 에르나가 대신 X가 되어도 들키지 않을 것이다.

부족한 붙임성이라는 불안 요소가 있었지만 무시했다. 클라우스가 말한 대로, 지금이야말로 성장을 보여 줄 때다. 낯가림을 극복하는 것이다.

'완벽하게 잠입 조사를 해내겠어!'

에르나는 의욕을 고취하며 외쳤다.

"아니, X야. 나는 틀림없이 X님이야!"

"네! 저기…… 실례되는 줄 알지만, 성함을 가르쳐 주시겠습니까? 이대로 코드 네임으로 계속 부르는 것도 좀……."

"에르나야."

"에르나 님이시군요. 곧 있으면 작전 본부에 도착합니다. 조금만 더 걸어 주시길."

에르나는 가명을 알려 주고 당당히 가슴을 폈다.

"대도사님은 어디 계셔?"

"대도사님도 작전 본부에 계십니다. 다만 몸 상태가 좋지 않으신 모양이라 쉬고 계십니다."

"이런 일도 있을 것 같아서 아까 실력 좋은 의사랑 안면을 터 뒀어. 2903호실에 있는 클라우스라는 남자야. 당장 불러와."

"역시 대단하십니다! 혹시 좀처럼 합류할 수 없었던 이유가—."

"여객선 내에서 협력자를 더 모으고 있었어. 아주 많이 모였어. 필요하면 독의 달인이나 공작의 달인도 바로 부를 수 있어."

"에르나 님!!"

"더 찬양하도록 해."

상황을 이용하여 동료를 내부에 끌어들일 준비도 해 뒀다. 이제 클라우스가 작전 본부로 찾아올 때까지 시간을 벌기만 하면 됐다. 클라우스는 에르나의 공적을 칭찬해 줄 것이다.

신도들은 완전히 에르나에게 심취했는지 의심하는 것 같지 않았다.

—자신이 생각하기에도 훌륭한 잠입 스파이였다.

이대로 신도들을 거느리고서 작전 본부에 숨어들자.

들뜬 마음으로 통로를 나아가니 신도들이 직원용 통로로 들어갔다. 호화 여객선의 직원 중에도 신도가 있는 모양이었다. 객실 통로와는 전혀 다르게 선반이 늘어서 있는 통로를 걸어가자 『대창고』라고 적힌 커다란 방이 나왔다.

금속제 문 너머에서 사람 목소리가 들려왔다.

이곳이 『태양을 모시는 단』의 작전 본부인 것 같았다.

에르나는 크게 한 걸음 내디디려고 했다. 그러자 신도가 말을 걸어왔다.

"자, 에르나 님."

"응?"

"입실댄스를 춰 주십시오. 아무리 에르나 님이어도 규칙은 규칙이니까요."

"……."

그게 대체 뭐지.

알 수 없는 의식이 나와서 몸이 경직됐다.

"대, 대체 누가 이런 귀찮은 제도를 만든 거야……?"

"에르나 님께서 만드시지 않았습니까?"

신도를 어리둥절하게 만들고 말았다. 신도가 이상하다는 눈으로 에르나를 바라보기 시작했다. 의심하고 있을지도 모른다.

'큰일이야……. 전혀 몰라.'

X란 사람은 왜 이런 규칙을 만든 걸까.

하지만 뒤로 물러날 수도 없었다.

'아니, 생각하는 거야! 이 자리에 어울리는 댄스를!'

에르나에게는 스파이로서 단련한 관찰안과 축적한 지식이 있다. 그걸 발휘하면 올바른 답을 도출할 수 있을 터다.

'신도들은 러프한 재킷 차림이야……. 특별한 의상은 필요 없어. 좁은 통로에서도 출 수 있다면 큰 동작은 없는 거고, 음악도 필요 없어……. 이건 무자이아 합중국으로 가는 배……. 호화 여객선을 노렸으니 분명 상류층에 대한 반발심이 있을 거야…….'

머리를 굴리자 답이 나왔다.

합중국 남부에서 생겨난, 악기를 금지당한 노예들의 스텝이 시초인 댄스.

—탭 댄스다!

에르나는 뒤축으로 바닥을 울리며 점프하듯 스텝을 밟기 시작했다.

딱따닥, 따닥닥, 경쾌하게 소리를 내며 비트를 새겼다. 이따금 제자리에서 손뼉을 쳐서 흥을 돋우고 마지막으로 빙글 돌아서 멋지게 마무리를—.

"에르나 님, 입실댄스는 검지를 십자 모양으로 흔들기만 하면 됩니다."

"더 빨리 말해 줬어야지!"

에르나는 비명을 질렀다.

생각보다 간단히 가르쳐 준 것에 당황하며 크흠 헛기침했다.

"자, 잠깐 잊어버렸을 뿐이야……."

"그러셨군요. 에르나 님은 평소에 집회에 참여하지 않으셨으니까요."

신도가 미안한 듯 머리를 숙였다.

"그럼 다음으로 입실송을—."

"의식이 많아!"

"이게 악보입니다."

신도가 악보를 쓱 내밀었다.

곡은 2절까지 가사가 빼곡히 채워져 있었다. 아무래도 다 불러야 작전 본부에 들어갈 수 있을 것 같았다.

각오를 다지고서 크게 숨을 들이마셨다.

"아아~ 우리의 자랑~스러운~ 하~늘의 불꽃은~♪ 분노에 몸을 떨며~ 희망의~ 바다조차~ 불사를 것 같구나~♪ 마치~ 회전~하는~♪ 용기♪ 용기♪ 용—."

“에르나 님, 입실송은 마음속으로 부르시면 됩니다.”
“얼른 말려!”
상당히 부른 다음에 말려서 에르나는 악보를 바닥에 패대기쳤다.
대체 이들은 어떤 기분으로 에르나의 열창을 들은 걸까.
얼굴이 뜨거워졌다. 다리가 후들후들 떨리기 시작했다.
“괘, 괜찮으십니까? 자, 그럼 들어가시지요. 작전 본부는 에르나 님이 언제 도착하시려나 기다리고 있습니다.”
신도들은 다정한 시선을 보내왔다.
하지만 그런 건 이제 신경 쓰이지 않았다.
“그, 그보다 의사는 불렀어……?”
“예?”
“일각을 다투는 사태야! 2903호실의 클라우스 선생님을 지금 당장 불러와!!”
자신 혼자서 잠입은 무리라고 판단했다.
벌써 한계가 보였다. 여러 가지 허점도 드러내고 말았다.
무엇보다 이런 알 수 없는 규칙이 가득한 교단에 1초도 더 있고 싶지 않았다.
“걱정하지 마시길. 사람을 보냈습니다.”
“그럼 올 때까지 기다릴래!”
“안 됩니다. 에르나 님은 한시라도 빨리 작전 회의에 참가하셔야 합니다.”
“무리야! 멘탈이 꺾였어!”

"이 이상은 기다릴 수 없습니다. 자, 에르나 님. 여기까지 오셨으니 묶어서라도 에르나 님의 힘을 빌리겠습니다. 전부 우리의 비원을 성취하기 위한 일입니다."

"싫~다~고~!"

에르나가 비명을 지르든 말든, 신도들은 재차 에르나를 둘러멨다. 도움을 구하는 에르나의 목소리가 밖에 전달되기 전에 에르나는 『태양을 모시는 단』의 작전 본부로 끌려 들어갔다.

◇◇◇

한편, 소녀들을 이끄는 클라우스 측에서는—.

클라우스는 신도를 몇 명 찾아내 신문했으나 다들 자세한 계획은 몰랐다. X는 정보를 통제하여 누설에 대비한 것 같았다. 상황이 꽤 어려웠다. 다른 소녀가 정보를 가지고 돌아왔을지도 모른다고 판단하여 클라우스는 일단 자기 방으로 돌아가기로 했다.

회색 재킷을 입은 남성이 클라우스의 방 앞에 기절해 있었다.

옆에서는 지비아가 난처한 얼굴로 머리를 긁적이고 있었다.

"저질러 버렸어……. 2903호실 주변을 어슬렁거리길래 붙잡으려고 했더니 갑자기 날뛰어서. 무심코 기절시켜 버렸어."

"2903호실…… 내 방 주변을?"

"의사가 어쩌고저쩌고하던데?"

영문을 알 수 없어서 클라우스, 릴리, 지비아는 고개를 갸웃했다.

정보를 얻지 못한 점은 뼈아프지만, 갑작스러운 위기에 대응한 지비아에게 잘못은 없을 것이다.

클라우스는 쓰러진 남자를 보고 잠시 생각했다.

'이상해……. 이런 대규모 선박 납치를 실행하려면 많은 중화기와 훈련받은 공작원이 필요할 터……. 묘하게 아귀가 안 맞아. 애초에 지금까지 내가 눈치채지 못한 것부터가 묘해.'

인상만 가지고 판단한다면—.

'……계획은 완벽하지만 가장 중요한 내실이 빈틈투성이란 느낌이야.'

어쩌면 『태양을 모시는 단』에 대한 인식이 틀렸을지도 모른다. 만일에 대비해 선박 납치를 저지한다는 방침은 변함없지만.

클라우스가 생각하고 있으니 새로운 소녀들이 돌아왔다.

"여, 정보를 가지고 있을 듯한 녀석을 잡아 왔어."

"아, 수고하십다."

모니카와 사라였다. 양쪽에서 한 여성을 잡아 연행해 왔다.

그녀들이 데려온 사람은 바가지 머리를 하고 안경을 쓴 얌전해 보이는 여성이었다. 나이는 30대 초반일 것이다. 손수건을 움켜쥐고서 떨고 있었다.

"사라의 강아지가 반응했어. 그 화장품 파우치의 주인이야."

모니카가 시시하다는 듯 말했다. 사라의 애완동물인 까만 강아지는 여성의 머리에 올라타 기쁘게 꼬리를 흔들고 있었다.

그 여성은 클라우스가 아는 얼굴이었다.

"……육군 참모부에 있었던 파울리네 준위군."

파울리네의 눈이 휘둥그레졌다.

"저, 저를 아시나요?"

"기억나. 대전 때는 하위 계급이면서도 퇴각전에서 우수한 성과를 보였다고 들었지만, 그래, 불륜이 발각되어 잘렸다고 했지."

"당신들은 뭐 하는 사람들이죠……?"

질문에 답해 줄 이유는 없었다.

기억을 떠올렸다. 파울리네 카라크. 현역 시절에는 상당히 우수하여 장래가 촉망되는 젊은이였다. 물자 조달부터 운반까지 그녀가 지휘했었다.

클라우스는 고개를 끄덕였다.

"그랬군. 네가 X인가."

"윽! 나, 나는—."

파울리네는 괴로운 듯 얼굴을 일그러뜨렸다.

그러다가 손수건을 움켜쥔 채 날카롭게 노려보았다.

"이미 포기했어요. 무, 무서워졌거든요. 저는 이제 X도 아니고『태양을 모시는 단』의 간부도 아니에요! 그 녀석들 일은 몰라요……!"

"상당히 제멋대로인 주장이군."

"자, 장난삼아 같이 놀아 줬을 뿐이에요. 육군에서 쫓겨나 속이 부글거릴 때 작은 종교 단체를 찾았고, 게임 감각으로 성장시켰을 뿐이에요……! 살짝만 도와줘도 칭찬해 주니까 기분 좋아져서 나도 모르게."

클라우스의 시선을 피하며 말을 내뱉었다.

"그곳 신도들은 제정신이 아니에요. 패배자들이 모여서는 바보 같아……."

파울리네 뒤에서 지비아가 작게 혀를 찼다.

그 불쾌한 기분은 이곳에 있는 모두가 공감하고 있었다.

작은 종교 단체가 선박 납치를 결행할 만큼 비대해진 것은 아무래도 파울리네의 우발적인 충동 때문인 것 같았다. 우수한 만큼 질이 나빴다. 자신은 언제든 도망칠 수 있도록 정체를 숨기고서 혼란에 빠지는 선내를 구경할 심산이었으리라. 너무 무책임했다.

클라우스는 파울리네를 바라보았다.

"그래서? 『태양을 모시는 단』의 목적은 뭐지?"

"어차피 말해도 이해 못 할 거예요. 바보 같은 목적이니까."

그녀는 비웃었다.

"—집단 자살이에요."

작전 본부가 된 창고는 상당히 널찍했다.

원래는 비상식과 구명조끼 등이 있던 공간인 것 같았다. 그런 물건이 놓여 있었던 흔적이 있었다. 그러나 지금은 창고를 밝히는 커다란 조명만이 외롭게 달려 있을 뿐이었다.

에르나는 납득했다.

비상식이 격납된 창고라면 보통은 사람이 드나들지 않을 것이다.

그리고 3천 명을 태울 수 있는 에크레타누크에 비상식을 싣지 않는다면 상당한 크기의 공간이 생겨난다.

이미 50명쯤 되는 신도가 모여 있었지만 아직도 여유가 있었다. 배의 밑바닥 쪽이기에 창문은 없었다. 신도들은 조명 아래에서 여객선의 지도를 펼쳐 놓고 의논 중이었다.

그리고 에르나는 바로 깨달았다.

'어라……? 생각했던 분위기와 달라.'

선박 납치를 결행할 정도니까 우락부락한 무투파 집단일 거라고 생각했었다. 하지만 작전 본부에 있는 사람은 거의 절반이 여성이었다. 개중에는 노파라고 할 수 있을 만큼 나이 든 사람이나 갓난 아기를 안고 있는 사람도 있었다.

남성도 있었지만 다들 하나같이 미덥지 못했다. 목발을 짚은 사람도 있었고, 힘없이 고개를 숙인 소년도 있었다. 도저히 싸울 수 있을 것 같지 않았다.

창고 안쪽에는 화기가 쌓여 있었다. 구형 권총 30개 정도가 다였다.

'이런 걸로 선박 납치는 불가능해……!'

계획서와 전혀 달랐다.

산탄총이나 기관 단총도 없이 선박을 납치할 수 있을 리가 없었다. 에크레타누크 안에는 무장 경비원도 상주하고 있었다. 즉각 반격당해서 체포될 게 뻔했다.

에르나가 아연해하고 있으니 신도 한 명이 말을 걸어왔다.

"에르나 님, 먼저 대도사님 곁으로 가시지요. 에르나 님을 부르십니다."

"응."

이렇게 간단히 대면할 수 있을 줄은 몰랐다.

하지만 거절할 이유도 없었다. 에르나는 대도사와 만나기로 했다. 긴장은 되지만, 대도사와 만나지 않는다면 이 위화감은 해결되지 않을 것이다.

창고 구석에 칸막이가 놓여 있었고, 그걸 돌아가니 커다란 침대가 보였다. 신도들이 침대 주위에서 불안한 얼굴로 양손을 모아 기도를 올리고 있었다. 대도사는 중태인 것 같았다.

침대로 다가가자 쉰 목소리가 들렸다.

"오오, 당신이 X…… 아니, 에르나 씨군요."

늙은 남성의 목소리였다.

고령의 남성이 몸을 일으켜 침대에 앉아 있었다. 도저히 종교 단체의 우두머리로는 보이지 않았다. 회색 가운 아래로 보이는 손발은 마른 가지처럼 가늘었다. 주름진 얼굴은 자상해 보였으나 별로 생기가 없었다.

그가 대도사일 것이다. 에르나를 보며 친근하게 웃고 있었다.

"이런 모습으로 맞이해서 죄송합니다. 여기까지 일부러 와 주셔서 고맙습니다. 보잘것없는 단체였던 우리가 이렇게 커질 수 있었던 건 전부 에르나 씨 덕분입니다."

"아, 아냐, 대도사님의 공적이 있었기 때문이야."

진짜 X는 도망쳤다는 말은 할 수 없었다.

대도사는 에르나의 거짓말을 알아차리지 못하고 공손한 태도로 말했다.

"아닙니다. 저도 깜짝 놀랐습니다. 설마 동지가 이렇게나 모일 줄이야. 자살은 현대의 희망이군요."

"응?"

생각지 못한 단어가 튀어나왔다.

자살—?

아연해하는 에르나를 내버려 두고서 대도사는 계속 말했다.

"생각해 보면 처음에는 작은 조직이었습니다. 전쟁으로 가족을 잃은 자들이 서로를 위로하는 집회였죠. 하지만 소문이 소문을 부르며 사람이 늘어났습니다. 종전 후 혼란기에 갱스터에게 남편을 살해당한 아내, 독가스 병기의 후유증으로 실명한 소년, 군인으로서 나라를 위해 봉사했으나 중상모략을 당하여 마음이 병든 청년, 포화를 맞아 고향을 잃은 여성…… 전쟁의 혼란으로 비극을 겪고, 믿던 이에게 배신당하여, 모든 희망을 잃은 자들이 공통된 목적을 위해 모였습니다."

"……."

"우리의 바람은 단 하나— 절망적인 세상에서 벗어나, 최소한 태양 아래에서 화려하게 죽는 것입니다."

대도사는 양손으로 에르나의 손을 감싸 쥐었다.

"남극 땅에서 집단 자살— 에르나 씨 덕분에 그 비원이 이루어집니다. 에르나 씨에게는 아무리 감사해도 부족합니다."

"……!"

『태양을 모시는 단』의 전모가 마침내 보이기 시작했다.

성공할 가망이 없는 선박 납치가 결행되는 이유도 납득이 갔다. 이들은 이미 인생을 포기했다. 현실을 제대로 보지 못했다. 설령 실패로 끝나더라도 상관없다고 생각하고 있었다.

—세계는 아픔으로 가득하다.

종전되고 10년이 지나며 세상의 상처는 조금씩 치유되고 있었다. 하지만 전쟁 피해와 혼란으로부터 회복되지 못한 사람도 많았다. 여기 모인 사람들은 그로 인하여 인생에 지친 자들이었다.

절망적인 삶을 포기한 이들의 유일한 희망은— 아름다운 최후.

그것이 『태양을 모시는 단』의 진실이었다.

"이제 한계야!"

그때, 에르나 뒤에서 남성의 목소리가 들렸다.

"얼른 죽게 해 줘! 대도사님, 이딴 인생 빨리 끝내 줘!!!"

자해한 흔적이 생생하게 남아 있는 청년이 외쳤다. 그도 전쟁 피해로 멘탈이 붕괴되었을 것이다.

"토마스 군."

대도사가 괴로운 얼굴로 일어나 말을 건넸다.

"조금만 더 기다리세요. 에르나 씨가 선박 납치를 성공시킬 비책을 전수해 줄 겁니다."

"바보 같은 소리 마! 이딴 꼬맹이가 X님일 리 없잖아!"

토마스라고 불린 청년은 계속 외쳐 댔다.

그의 발언에 다른 신도들도 일제히 에르나를 보았다. 마치 꿈에서 깬 것처럼 그들의 얼굴이 새파래졌다. 눈치채기 시작한 것 같았다. 에르나는 X가 아니라는 것을.

비관적인 분위기가 창고를 지배했다.

토마스는 목청을 높였다.

"X님은 꼬맹이를 대신 보내고 우리를 버린 거야! 어차피 무리야. 날뛰다가 결국 체포당해서 자살도 못 하고 감옥에서 죽을 바에야!"

그는 아우성치며 품에서 권총을 꺼냈다.

"여기서 사람을 마구 죽인 다음에 죽어 버리겠어어어어어어!"

자포자기 상태였다.

토마스는 대도사에게 총구를 겨눴다. 에르나는 즉각 대도사의 옷을 잡아당겨서 같이 바닥에 넘어졌다.

빗나간 총알은 벽에 맞고 튕겨서 천장 조명과 부딪쳤다. 고막을 찌르는 듯한 째지는 금속음이 울렸다.

신도들이 비명을 지르며 우왕좌왕하는 가운데, 에르나는 토마스를 향해 달려갔다.

에르나가 정면으로 돌격해 오자 토마스는 당황한 것 같았다. 재차 발포했다. 하지만 총알은 엉뚱한 방향으로 날아갔다. 스스로 사지에 뛰어드는 에르나에게 압도당했는지 그는 허둥지둥 뒤로 물러나기 시작했다.

에르나는 토마스를 목적지까지 몰고 중얼거렸다.

"코드 네임 『우인』— 애써 죽일 시간이야."

천장 조명이 떨어졌다. 두 사람의 머리 위로.

에르나에게는 특기가 있었다. 자신의 불행 체질을 최대한으로 살린 공격 수단. 자신의 불행에 상대방을 끌어들여서 도구도 쓰지 않고 상대를 쓰러뜨리는 최강의 암살 능력이었다.

창고를 구석구석 밝히던, 사람 머리만 한 조명이 추락했다. 에르나는 간발의 차이로 피했지만 토마스는 도망치지 못했다.

조명이 바닥과 격돌하는 커다란 소리가 울렸다.

조명은 토마스의 어깨를 스치는 데 그쳤지만 그의 전의를 상실시키기에는 충분했다.

"으으, 또 실패했어……."

토마스는 총을 떨어뜨리고 바닥에 주저앉았다.

"어째서! 나는 항상 이래! 뭘 하려고 하면 불행을 만나서 전부 다 잘 안 풀려……! 다들 나를 깔본다고. 젠장…… 젠장…… 젠자아아아앙!!"

분한 듯 그는 바닥을 세게 때렸다. 쿵쿵, 둔탁한 소리가 생생하게 울렸다.

신도들은 그런 토마스의 모습을 바라보고 있었다. 그의 비명에 공명하듯 눈물을 글썽거리고 입술을 깨물었다.

이윽고 토마스의 손이 까지면서 피가 나기 시작했다. 하지만 그는 멈추지 않고 계속 바닥을 때렸다. 그러지 않으면 살 수가 없다고 호소하듯이.

그런 토마스의 손을 잡아 그의 자해 행위를 막은 사람은— 에르

나였다.

"이해해."

에르나도 자신이 왜 움직이는지 알 수 없었다.

하지만 말은 자연스럽게 나왔다.

"에르나도 그래. 가족도 죽고, 항상 불행을 겪고, 울고 싶어졌어……. 그러다 언제부터인가 안심하게 됐어……. 위험한 일을 겪으면, 인생이 잘 안 풀리더라도 어쩔 수 없다고……. 하지만 사실은 그런 자신이 너무 싫어서 역시 우울해져."

에르나의 불행 체질— 사실 이건 정확한 표현은 아니었다.

그녀를 진단한 정신과 의사가 말하길, 자기 처벌 체질이라고 했다. 화재로 가족을 잃고 자기 혼자 살아남아서, 혼자만 살아 있는 건 약았다는 망집에 사로잡혔다. 무의식적으로 파멸을 추구했다. 비극의 주인공으로 있는 동안에는 마음이 편안했다.

그렇기에 신도들의 마음을 아프도록 이해했다.

안심이 되는 것이다. 파멸로 향할 때, 사람은 모든 책임을 포기할 수 있다. 현실을 보지 않아도 된다. 짊어진 역할을 벗어던질 수 있다.

파멸을 추구하는 인간은 존재했다.

만인이 이해하지 못해도 확실하게 존재했다.

아무도 공감하지 못해도 에르나는 알고 있었다.

자기혐오의 루프에 빠져 괴로워하면서 조금씩 비극에 발을 들이는 심정을.

그렇기에 말해야 했다.

"하지만 이렇게 살아 있어."

에르나는 말했다.

"진부한 말이지만, 살아 있으면 언젠가 행복해질 거라고 믿고 있어. 그때까지 창피를 당하며 실패를 거듭하더라도 살아남아 줄 거야."

그래서 스파이 세계에 몸을 던졌다.

자기 처벌 체질 속에서 일말의 희망을 발견하고 누군가의 도움이 되자고 결심했다.

그렇게 따뜻한 동료들과 만났다. 자신을 받아들여 주는 보스와도 만났다. 고립됐었던 양성 학교를 임시 졸업하고 소망이 이루어지기 직전까지 왔다.

"그러니까……."

—자살 따위 하지 않았으면 좋겠다.

에르나는 그 말을 하려고 했다.

하지만 뒤에서 터져 나온 신도의 절규가 말을 막았다.

단말마의 외침 같은 비명이었다.

"큰일이에요! 대도사님의 용태가—."

클라우스와 소녀들은 파울리네로부터 사정을 들었다.

『태양을 모시는 단』의 목적은 집단 자살. 그들이 종언의 땅으로 정한 것이 남극이었다. 문명사회에 지친 그들에게 남극은 낙원일 것이다. 다 같이 남극 대륙에 도달하기 위해 그들은 이 호화 여객선을 강탈하기로 했다.

그렇게 설명한 후, 파울리네는 「정말 어리석죠. 이해가 안 돼서 웃음이 날 정도예요」 하고 비웃듯 중얼거렸다.

"확실히 이해하기는 어렵지만."

클라우스는 고개를 가로저었다.

"그런 생각을 할 만큼 절실한 사정이 있는 거라면 우롱하고 싶진 않아."

"허울 좋은 말이에요. 사실은 미련하다고 생각하면서."

파울리네는 분한 듯 얼굴을 찡그렸다.

"저도 막을 수 있다면 그러고 싶었어요. 안 그랬으면 배에 타지 않았겠죠. 하지만 무리예요. 감당이 안 돼요. 막을 수 없다면 버릴 수밖에 없잖아요."

"……."

"운명이에요. 패배자들뿐인 종교 단체를 기다리고 있는 건 뒤집히지 않을 불가능이에요."

"불가능을 네가 정하지 마."

클라우스는 파울리네를 보던 시선을 거뒀다.

이제 정보는 충분히 얻었다.

이곳에 있는 멤버— 릴리, 지비아, 모니카, 사라에게 말했다.

"계획을 막는다. 어떤 신념이든 그들의 비원이 이루어지게 둘 수는 없어."

어떤 철학이 있든 간에 클라우스의 윤리관으로는 역시 자살을 인정할 수 없었다. 선박 납치는 논외였다.

딘 공화국의 국민은 『화염』이 목숨 걸고 지켜 낸 존재다. 아무도 그 목숨을 뺏을 수 없다. 설령 본인이더라도.

클라우스는 아래층을 향해 걷기 시작했다. 소녀들도 뒤를 따랐다.

"대도사가 어디 있는지 아시는 건가요?"

릴리가 물었다.

"대충은."

추측할 수 있는 데이터는 이미 모였다. 스파이로서 단련한 직감이 이끌어 줄 것이다.

"파울리네 준위는 어쩔 거야?"

지비아가 물었다.

"내버려 둬."

클라우스는 냉랭하게 대답했다.

"상대할 가치도 없어."

그들은 직원용 통로를 지나 선반이 늘어선 좁은 통로로 갔다. 도중에 신도가 앞을 막았지만 릴리가 독으로 잠재웠다. 계단을 몇 번 내려가니 비상식을 비축하는 창고가 눈앞에 나타났다.

창고 안에서 큰 소리가 들렸다. 종교 단체의 거점이 틀림없는 것 같았다.

"시간이 없어. 거친 방식으로 가지. 다 같이 돌격한다."

"네. 어쩔 수 없죠."

릴리와 다른 소녀들이 고개를 끄덕이고 무기를 들었다.

"목적은 대도사다. 즉각 구속한다."

클라우스가 앞장서서 창고 문을 열었다.

넓은 창고 안에 많은 신도가 모여 있었다. 50명쯤 되는 사람들이 원을 그리듯 서서 중앙의 대좌에 앉은 인물에게 머리를 숙이고 있었다. 대도사를 떠받드는 목소리가 창고 전체에 울렸다.

중앙에 있는 사람이 대도사일 것이다.

괜한 부상자는 만들고 싶지 않았다. 당장 제압하려고 클라우스와 소녀들이 발을 내디뎠지만—.

"""""에르나 대도사님!!!"""""

"""""에르나 대도사님!!!"""""

"""""에르나 대도사님!!!"""""

"""""에르나 대도사님!!!"""""

"""""에르나 대도사님!!!"""""

신도들의 중앙에는 어째선지 눈이 죽어 버린 에르나가 있었다.

열광하는 신도들에게 둘러싸여서 에르나는 「불행……」 하고 중얼거렸다.

이제 뒤로 물러날 수도 없을 것 같았다. 여기서 어떻게 빠져나가면 좋을까.

'왜 이렇게 됐지……?'

과거를 돌아보며 그저 하늘을 향해 탄식할 수밖에 없었다.

신도 한 명이 난리 친 후, 대도사의 용태가 급변했다.

갑자기 대도사가 괴로워하며 배를 부여잡았다. 이마에는 구슬땀이 맺혀 있었다. 신음하며 침대 위에서 몸부림쳤다. 붙잡는 신도들의 손도 뿌리치고서 그는 계속 버둥거렸다.

창고에 있던 신도들이 불안한 얼굴로 침대를 에워쌌다. 기도하듯 양손을 맞잡고 대도사가 회복되길 빌었다. 조금 전에 날뛰었던 토마스도 지금은 뜨거운 눈물을 흘리고 있었다.

5분 정도 지나자 대도사의 이변은 진정되었다.

대도사는 헉헉거리며 비통한 숨을 내쉬었다. 그러다 시트를 움켜잡고 신도에게 부축받아 몸을 일으켰다.

"……여러분, 이런 한심한 지도자라서 미안합니다."

목소리는 슬프도록 갈라져 있었다.

"아까부터 몸이 격통을 호소하고 있습니다. 이제는 일어설 수도 없을 것 같습니다. 안 되겠어요……. 이제 은퇴할 때인 거겠죠."

신도들은 모두 울음을 참듯 바닥을 보고 있었다.

에르나는 숨을 삼켰다.

그러고 보니 줄곧 대도사의 몸 상태가 안 좋다고 들었다. 선박 납치를 결행할 중요한 순간에도 누워 있는 걸 보면 용태는 심각한 것 같았다.

신도들은 유언을 듣겠다는 듯 침묵하고 있었다.

"혹시……."

에르나가 조심조심 물었다.

"……상당히 위중한 병이야?"

"아뇨. 저녁을 과식해서 그렇습니다."

"조금만 더 힘내자."

"하지만 제 구심력이 떨어진 것도 사실입니다. 이것도 좋은 기회겠죠. 젊은 지도자가 새로 필요합니다."

두세 시간이면 회복될 것 같은 대도사는 에르나를 지그시 바라보았다.

"에르나 씨, 당신에게 대도사 자리를 맡기겠습니다."

"……."

이 할아버지는 무슨 소리를 하는 걸까, 하고 솔직하게 생각했다.

일단 자라.

약 먹고 자면 좋아질 테니까 일단 자라. 과식했다고 은퇴하지 마. 그리고 선박 납치 당일에 지도자가 고급 디너에 들떠서 과식하다니 뭐 하는 거야. 여유 넘치네.

하고 싶은 말은 아주 많았지만 혼란스러워서 말이 안 나왔다.

"저도 차기 대도사가 될 사람은 에르나 님이라고 생각했습니다!"

"응?!"

신도 한 명이 외쳤다.

그러자 그 뒤를 잇듯 다른 신도들도 말했다.

“에르나 님! 아까 하신 연설에 감동했습니다!” “지금까지 X님으로서 쌓은 실적을 생각하면 오히려 당연하죠.” “훗, 우리 사인방은 이제 삼인방이 되는 거군요.” “에르나 대도사님의 탄생이다!” “에르나 대도사, 만세!” “신생 『태양을 모시는 단』이에요!” “에르나 대도사님, 저희를 이끌어 주세요!” “에르나 대도사님!!!”

신도들은 점점 더 열광하다가 이윽고 에르나를 창고 중앙으로 모셨다.

““““““…………”””””””

클라우스와 소녀들은 우두커니 멈춰 섰다.

「에르나 님」을 연호하는 목소리는 멈출 줄을 몰랐다. 바닥을 진동시키는 듯한 환호성이었다. 신도들은 눈물을 줄줄 흘리며 에르나에게 깊이 머리를 조아리고 있었다. 혼을 담아 뜨겁게 외치는 그 모습은 자살을 생각하는 사람으로는 안 보였다.

이건 뭐야, 하고 누군가가 중얼거렸다.

대답할 수 있는 사람은 없었다. 다들 내가 묻고 싶다고 생각했다.

클라우스와 소녀들은 대도사로 떠받들리고 있는 에르나를 말없이 바라볼 수밖에 없었다.

"음?! 너희는 누구냐!"

신도 한 명이 마침내 클라우스와 소녀들을 알아차렸다.

신도들은 즉각 에르나를 지키듯 무기를 들었다.

"에르나 님, 이 녀석들은 외부인입니다! 해치워 버리죠!" "에르나 님을 지키자!" "우리 삼인방의 힘을 보여 줄 때다!" "에르나 님에게 맞서는 악마에게 철퇴를!!!"

광신적으로 에르나를 숭배하고 있는 것 같았다.

격앙하는 신도들에게 둘러싸인 에르나가 울상을 짓고서 입을 뻐끔거려 말을 전했다.

《도·와·줘.》

또 불행을 만난 모양이다.

「……이거 어떡하죠?」 하고 릴리가 의문을 그대로 말했다.

클라우스는 상황을 파악하고자 했다.

경위는 알 수 없지만 에르나가 교단의 우두머리가 되었으니 선박 납치는 결행되지 않을 것이다. 그녀가 막을 것이 틀림없다.

「아마도 사건은 해결된 것 같군」 하고 클라우스가 말했다.

「그럼 잽싸게 떠나는 편이 좋겠네요」 하고 릴리가 거들었다.

그제야 한 신도가 상황이 이상하다는 걸 깨달은 것 같았다. 에르나와 클라우스 일행을 번갈아 보고서 의아한 듯 고개를 갸웃했다.

"……어라? 혹시 에르나 님의 친구분이신가요?"

""""""모르는 사이입니다.""""""

"응?!"

웬일로 클라우스와 소녀들의 호흡이 딱딱 맞았다.

도움 요청을 거절당한 에르나는 일어나서 외쳤다.

"이, 있을 거야! 에르나한테 뭔가 볼일이 있을 거야!"

사이에 끼게 된 신도가 불안한 얼굴로 물었다.

"어어…… 에르나 님께 뭔가 용건이 있으십니까?"

""""""특별히 없습니다.""""""

"에르나를 버리지 마!"

""""""방을 잘못 들어왔습니다.""""""

"변명이 너무 억지스러워!"

""""""에르나 님, 만세.""""""

"대답이 성의 없어졌어어어!"

『등불』의 소녀들은 「실례했습니다~」 하고 고개를 숙이고서 창고를 나갔다. 선박 납치와는 관계없이 접점을 만들고 싶지 않았다.

남겨진 에르나는 울먹이며 망연자실했다.

역시 좀 불쌍했다.

"……음, 에르나 님. 이것도 인연이니 한마디 건네기로 하지."

처음 만나는 척하면서 클라우스는 신도들 사이를 지나 에르나에게 다가갔다. 막으려고 하는 신도들을 자연스럽게 피해 창고 중앙에 다다랐다.

에르나가 작은 목소리로 말했다.

"서, 선생님, 얼른 구출해 줘……."

진심으로 구조를 바라는지 눈물을 글썽거리고 있었다.

하지만 클라우스가 해야 할 말은 다른 말이었다.

"에르나, 잘했어. 나머지는 적절히 잘 수습하도록."

"노오오오오오오오오오오오!"

창고에 절규가 울렸다.

하지만 클라우스가 제시한 것 이상의 답이 존재하지 않는 것도 사실이었다.

이리하여 호화 여객선 에크레타누크 납치 사건은 미수로 끝났다.

그 후 신생『태양을 모시는 단』은 에르나 대도사를 계속 받들었고, 에르나가 선보였다는 탭 댄스가 교단 내에서 유행하게 되었다. 경쾌한 리듬은 교도들의 마음을 고양시켜서 후에 그들은 여객선 내에서 게릴라적으로 댄스 라이브를 열기 시작했다. 갑자기 선내를 탭 댄스로 물들인 소동은 어떤 의미에서 선박 납치와도 일맥상통했다.

그리고 마침 배에 타고 있었던 무자이아 합중국의 유명한 영화감독이 그 광경을 목격하면서『태양을 모시는 단』에게 뮤지컬 영화 출현을 제안했다.

신도들은 에르나를 더욱 숭상했지만, 정작 본인은 에크레타누크가 미타리오에 입항한 직후에 실종. 교도들은 에르나를 신의 사자라고 믿으며 희망을 가슴에 품고, 미타리오의 영화계에 영향을 미치는 극단으로 성장하게 된다.

이 결과에 클라우스는 만족스럽게 고개를 끄덕였다.

"종교 단체 내부에 잠입하여 고작 두 시간 만에 우두머리 자리에 오르는 건 나도 못 해. 설마 에르나가 이렇게나 성장했을 줄은 몰랐어."

하지만 이 찬사는 에르나의 마음에 아무런 감동도 주지 못했다.

에르나는 완전히 피폐해져 있었다.

"불행……."

그녀는 미타리오에 도착한 직후 사흘간 몸져눕게 되었지만, 그녀가 이룬 공적에 비하면 역시 사소한 대가였다.

이 기적은 많은 각색을 거쳐서 이윽고 『대도사 에르나』라는 이름과 함께 후세에 전해지게 된다. 후에 미타리오를 석권하는 『대악녀 리릴린』과의 관계도 시사되지만 그건 또 다른 이야기다.

아아, 훌륭하도다, 에르나 님.

4장 case 릴리

“『화원』은 징벌방에 있어요.”

제17스파이 양성 학교의 교장 페기가 클라우스에게 그렇게 말했다.

터질 듯한 정장을 입은 푸근한 체형의 중년 여성이었다.

언뜻 보면 인자한 아주머니 같지만, 예전에는 해군 정보부에서 활약했었다는 모양이다. 온화하게 포장된 표정 속에서 의심이 설핏 보였다.

“징벌방? 무슨 짓을 한 건가?”

양성 학교의 자료를 읽으며 클라우스가 반문했다.

밤, 두 사람은 교장실에서 말을 나누고 있었다.

“아뇨, 흔한 얘기예요. 집단 따돌림이죠. 많은 학생이 『화원』을 계속 괴롭힌 것 같아요. 시험 중에 그 아이가 동료의 발목을 잡은 게 발단인 모양이라. 원래부터 『화원』은 성적이 나빴으니 쉽게 노려졌겠죠…….”

“그렇군. 확실히 흔한 이야기야.”

“네. 학교라는 환경에서 사라지지 않을 일이겠죠. 부끄러운 얘기예요.”

“하지만 이해가 안 가는군.”

“음?”

"왜 피해자가 징벌방에 있지? 징벌을 받는 건 보통 가해자 쪽 아닌가?"

"『화원』이 복수를 했거든요."

페기는 쓴웃음을 지었다.

"그 아이는 자신을 괴롭힌 가해자 전원에게 독을 먹여서 병원으로 보냈어요."

호쾌한데, 하고 클라우스는 대답했다.

페기가 말하길, 집단 괴롭힘은 장기간 계속되었다고 한다. 자세한 내용은 듣지 않았지만 학생 25명이 관여한 것 같았고, 『화원』은 모든 가해 학생들의 물통에 독을 넣었다.

보복당한 학생은 사흘간 발열에 시달리게 되었다.

페기는 고개를 가로저었다.

"정상 참작의 여지는 있지만, 역시 너무 과한 행동이었으니까요. 지금은 징벌방에 있어요."

페기는 교장실의 커튼을 젖혔다.

"여기서도 보여요. 이곳은 징벌방을 감시하는 곳이기도 하거든요."

클라우스는 자료를 놓고 교장실의 창문으로 다가갔다.

안뜰 건너편에 오두막이 있었고, 커다란 창문을 통해 안쪽 모습이 보였다.

은발 소녀가 책상 앞에 붙어서 진지한 얼굴로 약물을 조합하고 있었다. 비커를 가열하고, 생겨난 침전물을 빼낸 뒤 다른 약품과 섞었다. 그렇게 만들어진 것을 전문서와 비교하더니 조심조심 핥아

보고 떨떠름한 표정을 지었다.

실패한 것 같았다.

그녀는 다시 꽃잎을 으깨며 다음 실험에 착수했다.

"한동안 징벌방에서 지낼 테니까 자유롭게 공부시켜 달라고 해서요."

페기가 고개를 끄덕였다.

"저 아이는 노력가예요. 이 학교에서 제일가는 노력가."

들어 보니 『화원』은 양성 학교에 오고 8년간 줄곧 이렇게 단련을 이어가고 있는 것 같았다. 다만 중요한 순간에 덤벙거리는 탓에 성적은 최악인 모양이었다.

—낙오자.

그게 그녀에게 내려진 평가였다.

장래성을 고려하여 재적을 인정하고 있으나 졸업시키기에는 너무 미숙했다.

클라우스가 가만히 징벌방을 바라보고 있으니 페기가 물었다.

"……혹시 저 아이를 데려갈 건가요?"

"지금으로서는 그래."

"애초에 당신은 누구죠? 오늘 아침 상부에서 기묘한 지시가 내려왔어요. 어떤 남자에게 양성 학교의 열등생을 소개하라고. 대체 왜……?"

"기밀 정보야."

"그런가요……. 네, 알겠습니다. 저희에게는 알 권리가 없는 거겠죠."

페기는 분한 듯 한숨을 쉬었다.

"저 아이는 지옥에서 살아남았어요."

조곤조곤 이야기하기 시작했다.

"세계에서 처음으로 독가스 병기가 사용된 마을의 유일한 생존자가 저 아이예요. 특이 체질이라고 말할 수밖에 없죠. 가족도 친구도 이웃도 전부 죽은 땅에서 저 아이는 망연자실하게 앉아 있었다고 해요. 파리가 꼬인 부모의 손을 꼭 잡고."

"……."

"그런 생각이 들어요. 이대로 스파이가 되지 않아도, 더 안전한 길이 있다면 그 길로 가면 되지 않을까. 이건 스파이 양성 학교의 교장이 아니라 한 명의 인간으로서 하는 생각이에요. 저희가 아이들을 가혹하게 훈련시키는 건 죽지 않았으면 해서예요."

페기는 날카로운 눈으로 클라우스를 바라보았다.

"저 아이가 갈 곳은 천국인가요? 아니면 지옥인가요?"

그녀의 목소리에는 비난이 담겨 있었다.

클라우스는 페기라는 여성을 높이 평가했다. 스파이라는 틀을 넘어 제자를 생각하는 자세는 싫지 않았다.

그렇기에 클라우스도 도망치지 않고 대답했다.

"저 아이는 불가능 임무에 도전할 거야."

"불가능 임무……?!"

"물론 죽게 하지 않을 거야. 결코 천국은 아니지만, 지옥이라고 할 정도도 아니야."

클라우스는 짧게 대답하고 창가에서 벗어났다.

그는 다망했다. 여기 말고도 돌아야 하는 양성 학교가 열 개 넘게 남아 있었다. 결론이 나왔으니 얼른 요구 사항을 알리고 떠날 따름이다.

클라우스는 쪽지에 메시지를 적어 교장의 테이블에 놓았다.

"『화원』에게 전해 줘. 『등불』이 너를 소집한다고."

팀 『등불』이 결성되기 일주일 전.

미타리오에서 『보라개미』와의 사투를 벌이기 5개월 전에 나눈 대화였다.

무자이아 합중국의 수도 미타리오.

후에 『등불』에서 「미타리오 결전」이라고 불리는 임무가 시작되었다.

「톨파 경제 회의」라는 국제회의가 열리며 세계 각국에서 많은 관료와 스파이를 보냈다. 전 세계의 첩보 기관이 에이스를 보내면서 미타리오는 혼돈한 마경이 되어 있었다.

『뱀』의 일원인 『보라개미』는 그곳에서 암약했다.

그의 목적은 무차별적으로 무한히 무자비하게 스파이를 살육하는 것. 그는 일반 시민을 세뇌하여 「일개미」라고 부르는 암살자로 교화해서 미타리오에 숨은 스파이를 습격하게 했다.

각국을 대표하는 스파이가 차례차례 목숨을 잃었고, 일찍이 「세계 최고의 스파이」라고 불렸던 『홍로』 또한 병세 악화와 동료의 배신 등의 불운이 겹치면서 살해당했다.

악몽이라고 표현할 수밖에 없는 도시에 소녀들은 뛰어들었다.

그리고 「일개미」와 대결했다.

신문 기자로 위장한 지비아는 과묵한 권투 선수 바론과 어두운 빌딩에서 싸웠다. 재즈 뮤지션으로 위장한 모니카는 정확한 투척력을 가진 여대생 미란다와 목숨을 건 다트 대결을 펼쳤다.

그녀들은 간신히 승리했지만 진정한 악몽은 이제부터였다.

『보라개미』는 「일개미」가 한 명 실패하면 열두 명이 타깃을 죽이도록 지시했다. 소녀들은 눈 깜짝할 사이에 포위당해 목숨이 위험해졌다.

—그리고 이 궁지 속에서 무모한 싸움에 도전하는 소녀가 있었다.

“그럼 갈게요!”

회분홍 머리 소녀, 『망아』 아네트가 즐겁게 웃었다.

아네트는 빌딩의 옥상에서 말했다.

“나님, 릴리 누님을 죽게 내버려 둘 거예요!”

밤 열한 시를 넘긴 시간이었다.

미타리오는 잠들지 않는 도시다. 무수한 고층 빌딩과 그곳에 설치된 네온사인이 빛을 발하며 아름다운 야경을 만들었다.

아네트는 그 번쩍거리는 빛 속에 투신하듯 옥상 가장자리에서 몸을 날렸다. 치마에서 사출된 와이어에 매달려 천천히 강하했다.

적이 노리기 딱 좋았다.

현재 빌딩 위쪽에서 저격수가 대기하고 있었다. 세계에서 가장 높은 빌딩인 웨스트포트 빌딩의 70층에서 라이플을 들고 있었다. 아무리 밤이어도 저격을 피하기는 어려웠다. 그가 직접 노리지 않아도 지시를 내리면 지상에 있는 동료가 권총으로 저격할 것이다.

—한 소녀가 옥상에 남아서 미끼가 되지 않는 한.

“아네트는 잘 도망친 것 같네요. 정보를 전달해 줘야 할 텐데요.”

저격수의 주의를 끌 듯이 은발 소녀가 옥상에서 미소 지었다.

—『화원』 릴리.

검은색을 기조로 한 옷을 입고서 목에 맨 리본을 나부끼며 그녀는 풍만한 가슴을 쭉 폈다. 날아온 총알을 피하고 옥상에 놓인 저수조 뒤에 숨었다.

릴리는 틀림없이 궁지에 몰려 있었다.

빌딩을 포위한 건 저격수뿐만이 아니었다. 「일개미」라는 암살자가 다가오고 있었다.

적의 수는— 열두 명.

“공화국이 낳은 천전무패(千戰無敗)의 최강 스파이 릴리. 진심으로 싸우겠어요.”

절체절명의 위기 속에서 그녀는 웃었다.

“열두 명? 우습네요. 한 방에 끝날 숫자에요. 천 명 정도는 데려와야죠."

이건 기록이다.

동료도 똑같은 위기에 처했을지도 모른다고 판단한 릴리는『보라개미』의 자객에 관한 정보를 신속히 정보조에 전하기 위해 아네트를 보내고 혼자 현장에 남았다. 미타리오의 절망을 타개할 유일한 책략이었다.

—아네트가 정보조에 연락하고 그걸 토대로 지원군이 올 때까지 약 한 시간.

릴리는 혼자서 적과 싸웠다.

양성 학교의 낙오자라며 무시당하던 소녀가 처음으로 혼자 적에게 맞섰다.

이것은『화원』릴리가 목숨 걸고 시간을 번 싸움의 기록이다.

릴리를 포위한「일개미」중에 패트릭이라는 청년이 있었다.

그는 낮에는 은행원으로 일하고 밤에는 암살자로 암약했다.

2년 전, 뒷골목을 걷는데 괴한 다섯 명이 나타나 그를 빌딩으로 끌고 갔다. 시야를 차단당하고 계속 냉수를 뒤집어썼다. 먹지도 마시지도 못한 채 열 시간 동안 고문당하고 머리에 새겨진 것은 왕에게 거역하지 말라는 명쾌한 진리였다.

이후로는 명령대로 따를 뿐이었다.

근무하는 은행에서 수상한 입출금을 발견하면 고객의 개인 정보를 조사했고, 수상하면 권총으로 죽였다. 상대가 스파이냐 일반인이냐 하는 구별은 없었다. 그저 수상하면 죽였다.

이날도 지령이 전달되었다.

『일개미 한 명이 실패했다. 열두 명이 가서 죽여라.』

왕의 칙명은 연락책에 의해 전달되었다.

왕은 절대 모습을 드러내지 않았다. 어둠 속에 숨어 있을 뿐. 그 모습을 본 적도 없는데 거역하려고 하면 몸이 거부 반응을 일으켜서 구역질이 났다.

그렇기에 그는 무감정하게 일을 진행했다.

지정된 곳으로 가니 이미 멤버가 모여 있었다. 성별과 나이는 제각각이었다. 젊은 여대생이 있는가 하면, 노인이라고 해도 지장이 없을 남성도 있었다.

"현장은 내가 지휘하겠어. 그렇게 명령받았어."

패트릭은 동료에게 짧게 전하고서 무전기를 건네고 주변으로 흩어지게 했다.

타깃은 웨스트포트 빌딩 뒤편으로 도망쳤다. 고층 빌딩이 늘어서 있는 비즈니스 지구였다.

"두 시간 전, 경찰 내부의 『일개미』가 타깃을 놓쳤어. 살인죄를 날조하여 다른 경관이 체포하게 했지만 실패했다고 해. 아직 근처에 있을 거야. 찾아."

패트릭은 무전기로 연락을 주고받으며 포위망을 만들었다.

타깃은 머지않아 발견되었다.

동료 중에 웨스트포트 빌딩의 경비원이 있었는데 그가 망원경으로 찾았다고 보고했다. 비즈니스 빌딩의 옥상이었다.

패트릭은 즉시 현장으로 향했다.

지은 지 얼마 안 된 9층짜리 빌딩이었다. 어떤 무역 회사가 건물을 샀지만, 사람은 모두 내보냈는지 아무도 없었다. 날뛰기에 딱 좋았다.

패트릭은 전략을 세웠다. 저격수를 포함하여 다섯 명이 빌딩을 포위하고 남은 일곱 명이 빌딩을 오르기로 결단했다.

저격수는 상시 라이플을 겨누고 있었는데 적이 그 살기를 알아차린 것 같았다. 즉각 발포했으나 맞히지 못했고, 깜짝 놀란 은발 소녀는 빌딩으로 들어갔다. 그 소녀에게 정신이 팔려서 같이 있었다는 회분홍 머리 소녀는 놓쳤다고 했다.

'회분홍 머리 소녀는 놓쳤나……. 지원군이 오기 전에 결판을 내야겠어.'

패트릭은 동요하지 않았다.

일단 1층 사무실로 가서 빌딩 전체의 제어판을 찾았다. 환기부터 조명까지 전부 조작할 수 있는 것 같았다. 빌딩 전체의 조명을 작동시켰다.

그리고 권총을 들고 탐색을 시작했다.

1층에서 2층으로, 2층에서 3층으로, 숨어 있는 스파이를 찾기 위해 일곱 명이 꼼꼼히 수사했다. 다행히 빌딩은 넓지 않았다. 한 층에 방이 대여섯 개 있는 정도였다. 하얀 형광등이 켜진 복도를 긴장한 채 나아갔다.

패트릭이 차근차근 지시하자 초로의 남성이 다가왔다.

"매우 논리정연한 지휘네요. ……일한 지 오래됐나요?"

벌레도 못 죽일 것처럼 온화하게 생긴 남성이었다. 작은 목소리로 말을 걸어왔다.

패트릭은 감탄했다.

"흐응. 쓸데없는 말을 할 수 있을 만큼 여유가 있나 봐."

"세뇌가 느슨해진 모양입니다."

남자는 작은 목소리로 말했다.

"얼마 전까지는 명령 수행 중엔 대화조차 못 했어요. 입이 굳어서……. 물론 지금도 **그 사람**에게 거역할 생각은 못 하지만요. 떨림이 멈추질 않아요……."

그 말대로 그의 손은 떨리고 있었다.

왕은 일개미 간의 불필요한 대화를 인정하지 않았다. 정보 누설이나 결탁을 막기 위해서 그런 거겠지만— 아무튼 일개미는 온갖 권리가 인정되지 않았다.

그리고 조금이라도 등지려고 하면 몸은 거부 반응을 보였다.

남자는 떨림을 억누르고 물었다.

"당신도 잡담 정도는 할 수 있죠?"

"응. 실은 경험을 쌓으면 **그분**의 지배가 느슨해져."

"호오……."

"맡는 일이 늘어나니까. 속박이 오히려 방해돼."

"오오, 좋은 정보를 들었네요. 그러면 언젠가 지배에서 벗어날 수도 있겠네요?"

"무리야."

너무나도 낙관적인 말을 패트릭은 부정했다.

왕에게 그런 자비심은 없다.

패트릭과 같은 「일개미」를 기다리고 있는 것은 한없이 깊은 절망이다.

"나는 이미 서른다섯 명을 죽였어."

"……! 벌써 그렇게나."

"뭐랄까, 마음이 죽어 가. 이쯤 되면 원래대로 돌아갈 엄두도 안 나. 그렇잖아? 돌아갈 수 있을 것 같아? 우리는 살인귀야. 내 선배 중에 『담수』라는 사람이 있는데, 속박은 느슨해도 지루하게 사람을 죽일 뿐이야. 인형이나 마찬가지지."

"그럴 수가……."

"반년 전이 가장 괴로웠어. 아직 어린 소년을 죽였거든. 상당한 실력자인 것 같았지만, 어린 생명을 죽였다는 건 변함없어."

나중에 알았는데 그 소년은 『앵화』라는 유명한 스파이였다. 국적 불문하고 악랄한 스파이를 죽이던 기개와 용기가 있는 소년. 최근 몇 년간 이름난 공작원을 쓰러뜨렸다고 했다.

그런 소년을 사살한 사람이 패트릭이었다.

아직 어린아이라고 해도 지장이 없을 소년의 심장을 쏴 죽였다. 무수한 일개미에게 쫓겨 빈사 상태였던 소년의 숨통을 끊었다.

그때— 인간으로서 지켜야 할 것을 잃어버린 느낌이 들었다.

자신은 이제 돌이킬 수 없는 곳에 있었다. 설령 왕의 지배에서 벗어나더라도 원래 생활로 돌아갈 수 있을 것 같지는 않았다.

—패트릭은 이제 지배에서 벗어나고 싶다는 생각조차 하지 못했다.

눈앞에 펼쳐진 것은 칠흑 같은 어둠이었다.

"……영웅이 나타난다고 했어요."

남성이 뭐라고 중얼거렸다.

「응?」 하고 반문했다.

"어떤 붉은 머리 여성에게 그 말을 듣고 나서부터 제 지배는 느슨해졌어요. 그 말을 잊을 수가 없어요. 언젠가 아름다운 흑발의 영웅이 나타날 거다……."

"……."

미타리오의 영웅 소문은 패트릭도 알고 있었다.

일개미에게 심어진 알 수 없는 암시. 왕의 힘조차 미치지 않아서 많은 일개미가 그 소문을 믿고 있었다.

남성의 눈이 가늘어졌다.

"저도 소망해요. 당신도 포기하지 마세요. 언젠가 영웅이—."

"시시해."

헛소리라고 일축했다.

누군지도 모르는 여자의 망언에 왜 귀를 기울여야 하는가.

"그만둬. 쓸데없는 희망은 결국 자신을 고통스럽게 해. 누구도 왕을 당해 낼 수 없으니, 우리가 할 수 있는 건 그저 사람을 죽이는 것뿐―."

그렇게 패트릭이 말하고 있을 때―.

"스톱, 멈춰."

―다른 것이 신경 쓰였다.

걸음을 떼려고 했던 남성이 「예?」 하고 곤혹스러워했다.

빌딩 6층의 복도를 걷고 있을 때였다. 여기까지는 아무것도 없었다. 모든 방을 샅샅이 뒤지고 있으나 소녀는 보이지 않았다.

타깃은 이곳보다 위층에 잠복해 있는 것 같지만, 마침내 움직임이 있었다.

패트릭은 발밑은 가리켰다.

"와이어 트랩이야. 건드리면 가스가 분출되도록 만들어졌어. 십중팔구 독이겠지."

"아…… 눈치 못 챘어요……."

남자가 신음했다.

교묘하게 설치된 함정이었다. 복도의 이음새를 따라 와이어가 쳐져 있었다. 스프레이는 기둥의 그늘에 놓여 있었다.

"덧붙여 말하자면―."

패트릭은 와이어를 단검으로 신중하게 잘랐다.

"―이중 함정이야."

스프레이에 와이어가 하나 더 달려 있었다. 해제하려고 섣불리 만지면 작동하는 구조였다.

타깃이 설치했을 것이다.

'상대는 우리가 올 걸 알고 있었어…….'

패트릭은 바로 추측했다.

'무전기 대화를 도청했나……. 그렇다면 준비할 시간을 주고 말았군.'

그때 남성이 「어라?」 하고 의아해했다.

"위층에서 소리가 나네요. ……둔탁한 소리가 간헐적으로 들려요."

"응. 뭔가 열심히 공작하고 있는 모양이야. 귀찮은 방법을 쓰기 전에 잡기로 할까."

둔탁한 소리가 울리고 있었다.

무슨 소리인지는 모르겠지만, 대규모 함정일 수도 있었다.

'가장 귀찮은 건 자폭이야. 설마 우리 모두를 이길 수 있을 거라고 생각하진 않겠지. 수도관 같은 걸 건드려서 빌딩을 통째로 폭파시킨다든가……? 역시 그럴 도구는 없으려나.'

스파이는 자기 목숨도 서슴없이 내놓는다.

아무튼 당장 막는 편이 좋았다. 이 잡듯이 뒤지느라 시간도 지체됐다.

패트릭은 동료 여섯 명과 함께 7층으로 가는 계단을 올랐다.

뭔가가 7층 앞을 가로막고 있었다.

"다음은 바리케이드인가."

7층 침입을 막듯 사무용 책상이 옆으로 뉘어서 쌓여 있었다. 빈틈없이 상판을 포개서 사람 키만 한 높이가 되어 있었다.

일개미 한 명이 신음했다.

"이것도 함정일까요? 어쩔까요?"

패트릭은 생각했다.

적은 왜 이걸 설치했을까.

"……아니, 넘어가지. 상대는 뭔가를 꾸미고 있어. 일류 스파이라면 조금만 시간을 줘도 대책을 몇 개나 세울 거야."

다행히 바리케이드는 천장까지 쌓여 있진 않았다. 넘어가고자 하면 간단히 넘어갈 수 있었다.

패트릭은 책상 상판을 발판 삼아 바리케이드를 올라가서 7층 복도를 확인했다.

조명이 부서져서 어두웠다. 회의실이 다섯 개 정도 있는 것 같았다. 문은 닫혀 있었다. 복도에 창문도 있지만 채광을 위한 고정창이었다.

"……대책은 세워 두기로 할까."

패트릭은 동료에게 지시하여 한 명을 1층으로 보냈다.

그리고 함정을 경계하며 여섯 명이 따로따로 바리케이드를 넘었다.

다시금 숨을 삼켰다.

남은 곳은 7층, 8층, 9층.

슬슬 스파이가 발견될 때가 됐다.

여섯 명 모두가 7층 복도에 도달하자 또 남자가 중얼거렸다.

"소리는 위에서 들리네요. 어쩔까요? 바로 8층으로—."

"—페이크야."

패트릭은 단언했다.

"네……?"

"냄새가 심해. 스파이는 이 층에 있어."

일개미로서 역전의 스파이를 도륙해 온 패트릭의 직감이 고했다.

소리는 주의를 분산시키기 위한 것이다.

8층이나 9층에 소리를 내는 장치를 만들어 둔 것 같지만, 적은 7층에 있을 것이다.

패트릭은 한 동료에게 먼저 가라고 명령했다.

20대 여성은 전혀 불만스러워하지 않고 고개를 끄덕인 후 7층 복도를 나아갔다. 겁 없이 복도를 걸어갔지만 안쪽 회의실 앞에서 이변을 보였다.

괴롭게 허덕이더니 몸을 경련시키며 쓰러졌다.

"독가스야!"

동료가 외쳤다.

복도 안쪽에 가스가 정체되어 있는 것 같았다.

그때 복도 곳곳에서 가스가 분출되었다. 아까 봤던 스프레이 같은 것이 기둥 뒤편에 붙어 있었다. 코를 찌르는 냄새가 복도에 진동했다.

'독가스가 오래 머물도록 바리케이드를 친 거였나…….'

빈틈없이 맞물린 상판으로 밀실을 만든 것이다.

패트릭은 외쳤다.

"숨을 참아! 당장 아래로 도망치면—."

그 목소리를 막듯 누군가가 회의실에서 튀어나왔다.

은발 소녀였다. 아직 앳된 티가 나는 얼굴은 사랑스러웠다. 그와 상반되게 흉부는 풍만했다. 열일곱이나 열여덟 살쯤 되어 보였다.

이번 일의 타깃이 틀림없었다.

소녀가 권총을 겨눴다. 방아쇠에는 이미 손가락이 걸려 있었다.

동료 몇 명이 뒤로 홱 물러났다.

총구를 봤다면 당연한 대응이었다. 그들도 많은 시간을 단련에 썼으니까. **왕**의 명령은 절대적이다. 임무를 수행하기 위해 최적의 답을 낸다. 적의 사선에 들어갔다면 순간적으로 회피하여 반격에 대비한다.

하지만 반사적인 호흡을 독가스는 놓치지 않았다.

"아차……! 숨을……!"

동료가 또 한 명 바닥에 쓰러졌다.

은발 소녀는 발포하지 않았다. 가스는 가연성일지도 모른다. 인화를 피하려는 걸까. 권총은 어디까지나 블러핑인가.

영리한 소녀인 것 같았다.

'하지만 가스 마스크도 없이 어떻게 움직이는 거지……?'

패트릭은 쓰러지는 동료를 보며 당황했다.

아직 어린 소녀가 당당히 맞서고 있었다.

'이 아이는 아직 승리를 포기하지 않은 건가……?'

패트릭은 곤혹스러웠다.

소녀는 권총을 넣고 다른 무기를 꺼냈다. 오른손에는 단검, 왼손에는 독침이 들려 있었다.

바늘 끝에는 액체가 맺혀 있었다. 독인가.

“진짜로 진심이에요.”

은발 소녀의 입술이 움직였다.

“코드 네임『화원』— 미쳐 만발할 시간이에요.”

그녀는 독침을 휘둘렀다. 그 눈동자에 불타는 투지를 담고서.

릴리가 사투를 벌이는 빌딩 옆에 어떤 소녀가 나타나 있었다.

“나님! 누님이 괜찮은지 보러 왔어요!”

아네트였다.

그녀는 근처에 있던 공중전화로 티아에게 정보를 전했다. 이제 지원군이 오길 기다리기만 하면 되지만 굳이 빌딩까지 돌아왔다.

릴리를 도와주기 위해서.

행동을 예측하기 어렵긴 해도 아네트는『등불』에 어느 정도 호감을 가지고 있었다. 적어도 사라가 만들어 주는 우유푸딩은 좋아했다.

아네트는 빌딩을 가만히 관찰했다.

수상한 인물 네 명이 주위에 대기하고 있었다. 행인인 척하고 있지만, 이따금 빌딩에 의미심장한 시선을 보냈다. 타깃이 창문으로 탈출하지 않도록 감시 중인 일개미였다.

아네트는 그중 한 명에게 다가갔다.

"실례합니다~!"

순진무구한 소녀처럼 웃으며 현관 근처에 있는 여성에게 말을 걸었다.

"안에 들어가도 되나요? 아빠가 깜빡 놓고 온 물건을 가져와 달라고 했거든요!"

연기를 시작했다.

정면으로 돌격하지 않고 적의 주의를 끌어서 서포트할 생각이었다.

"어……?"

날씬한 40대 여성은 마치 딸을 보듯 온화한 눈으로 아네트를 마주 보았다.

"어느 집 아이니? 미안. 지금은 빌딩에 못 들어가."

"네~? 아빠는 누구나 들어갈 수 있다고 했는데요?"

"……."

"애초에 어느 집 아이냐니 그게 무슨 질문이죠? 우리 아빠는 여기 부사장인데요? 잊어버렸어요?"

"……."

"애초에 아줌마는 누구예요? 이 시간대에는 아무도 없고, 열쇠가 없으면 안 열릴 텐데요! 이상하네요. 나님, 경찰에 신고할래요!"

아네트는 적당히 거짓말을 늘어놓았다.

조금씩 상대방을 몰아붙였다.

그러자 여성은 생각지 못한 반응을 보였다.

갑자기 허리춤에서 단검을 꺼내 아네트를 베려고 했다. 그리고 즉시 권총을 들더니 단검을 피한 아네트를 향해 발포했다.

총알은 아네트의 몸을 스쳤다.

아네트의 머리카락이 팔랑팔랑 떨어지며 한쪽 트윈테일이 풀렸다.

"……?"

아네트는 엉덩방아를 찧고서 고개를 갸웃했다.

"아, 아니, 미안."

권총을 쥔 채 여성이 미안하다는 듯 머리를 숙였다.

"딱히 네 거짓말을 간파했다거나 그런 건 아니야. 어쩌면 정말로 부사장의 딸일지도 모르지. 깜짝 놀라게 해서 미안해."

"……."

"밀랍 인형으로 만들고 싶어졌어. 네가 그, 너무 귀여워서……. 요전번에 굳힌 장녀보다도, 정말로 멋져……. 나잇값도 못 하고 젖어 버렸어."

"…………."

"이게 천직이거든. 시체 처리 전문이야. 싸우지 못하는 나 혼자서는 밀랍 인형의 소재를 늘릴 수 없었는데…… **왕**에게 선택받은 이후로는 충실해."

"………………."

"역시 목을 조를까. 괜찮아. 밧줄 자국은 리본으로 가릴 거야. 멋진 인형으로 만들어 줄게."

여성은 슬쩍 밧줄을 꺼내더니 강도를 확인하듯 손으로 몇 번 당겼다. 열띤 숨을 몰아쉬며 상기된 얼굴로 다가왔다.

아네트는 일어나서 치마에 묻은 모래를 털었다.

"나님, 아줌마를 오해했어요!"

"응?"

"나님이랑 똑같은 냄새가 나요! 아주 투명하고 반짝거려서 예뻐요!"

아네트는 여성에게 손을 뻗었고—.

"그러니까 안 봐줘도 되죠?"

—귀엽게 고개를 갸웃했다.

"코드 네임 『망아』— 짜 올리는 시간을 가지죠!"

모터 소리가 났다. 여성의 발밑에서.

거대한 지네처럼 생긴 로봇이 꿈틀거리고 있었다. 길쭉한 로봇이 재빨리 이동하여 여성의 오른쪽 다리를 휘감으며 타고 올라갔다.

그리고 폭발했다.

미약한 화력이었지만 휘감은 신체를 파괴하기에는 충분한 위력이었다. 다리가 뚝 떨어졌고, 여성은 눈을 부릅뜨고서 그대로 의식을 잃었다.

아네트는 입꼬리를 비틀었다.

"음, 나님, 마지막 폭탄을 써 버렸어요! 다른 무기는 릴리 누님한테 줬어요!"

넘쳐흐르는 대량의 피에는 눈길도 주지 않고 아네트는 자리를 떴다.

빌딩을 포위한 다른 일개미가 이변을 알아차리고 달려왔다. 잡히기 전에 아네트는 냉큼 도망쳤다.

무기가 없는 아네트는 싸울 방도가 없었다.

거리를 두고서 다시금 적의 실력을 확인하듯 돌아보았다.

"만약 이 녀석들이 일곱 명이나 갔다면—."

아네트는 판단했다.

"—역시 릴리 누님한테는 버겁겠네요!"

그리고 그녀는 서포트를 끝냈다.

열두 명이었던 적을 열한 명으로 줄였다. 뛰어난 성과이긴 했으나 상황을 뒤집기엔 미력했다.

릴리는 7층 복도에서 고개를 갸웃했다.

적이 너무 약했다.

남녀 여섯 명이 독가스 바다에 쓰러져 있었다. 다들 권총을 쥐고 있었다. 일반인이 아닌 것은 틀림없지만, 암살자라고 하기에는 허무했다.

'어라…… 의외로 대단치 않네?'

맥이 빠졌다.

아무리 특기인 독가스 공격이라지만 여섯 명을 다 해치울 수 있을 줄은 몰랐다. 독침으로 찌를 필요도 없이 적들은 속속 쓰러졌다.

쓰러진 적을 바라보며 추리했다.

'저를 살인범으로 만든 적이니까 성가신 상대일 줄 알았는데 아마추어와 별반 다르지 않네요……. 설마 첫 공격으로 쓰러뜨릴 줄은 몰랐어요…….'

릴리는 적을 응시했다.

'……애초에 이 사람들은 누구죠? 『보라개미』의 부하라고 생각했지만 아닌 건가요? 다른 나라의 수하? 아니면 미타리오의 갱?'

이때 릴리는 그들에 관해 자세히 몰랐다.

지비아나 모니카와 달리 릴리는 일개미와 직접 싸우지 않았다. 동료를 지키기 위해 즉각 정보를 전달했지만 적의 실력에 확신은 없었다.

아무튼 소지품을 조사하려고 쓰러진 남녀에게 다가갔다.

긴장이 풀려 있기는 했다.

독가스에 휩싸인 공간에서 릴리는 무적이었다. 방심할 수밖에 없었다.

그리고 그것은― 패트릭이 노린 바였다.

"―윽!"

혼절한 줄 알았던 패트릭이 갑자기 일어나서 단검을 들고 강습했다.

릴리는 몸을 틀어서 피하려고 했으나 패트릭은 릴리의 오른쪽 어깨를 정확하게 찔렀다. 이어서 그는 황급히 독침을 휘두르는 릴리의 복부를 세게 걷어찼다.

릴리는 낙법을 취하며 바닥을 굴러갔다. 어깨에 난 상처를 누르고서 적을 노려보았다.

"어떻게 독을……?"

"중독된 척한 거야. 반대로 묻고 싶은데, 어째서 중독됐다고 생각한 거야?"

패트릭은 어깨를 으쓱였다.

전부 그가 계산한 대로 됐다는 것처럼.

"네가 독가스를 가지고 있다는 건 6층에 있던 함정으로 가르쳐 줬잖아. 부자연스러운 바리케이드로 막힌 복도와 고정창. 그걸 보면 네가 뭘 할지는 알 수 있어. 가스 마스크가 필요 없는 특이 체질인 것에는 놀랐지만."

"……!"

"말이 나온 김에 지금 독가스가 안 통하는 이유도 가르쳐 줄까?"

패트릭은 천장을 가리켰다.

"단순한 얘기야. 환기 시스템을 작동시켰어. 2분만 숨을 참으면 이 층의 공기 정도는 순환시킬 수 있어."

제어판이 1층에 있다는 것을 그는 파악하고 있었다. 그래서 미리 한 명을 보내 뒀다. 게다가 이 빌딩은 최근에 준공되어 설비가 최신식이었다.

"자기 꾀에 빠졌네."

패트릭이 차갑게 말했다.

"아까부터 위층에서 둔탁한 소리가 나. 이건 양동 작전이려나? 그 탓에 너는 공조기 돌아가는 소리를 눈치채지 못했어. 이제 고통스레 죽는 일만 남았지."

복도에 쓰러져 있던 다른 다섯 남녀가 일제히 일어났다.

그들도 독가스를 마신 척했던 모양이다.

거의 완전한 상태인 여섯 암살자가 릴리를 막아섰다. 도주로인 계단을 막는 위치에.

이 빌딩에는 계단이 하나밖에 없었다.

릴리가 도망칠 곳은 없다.

패트릭은 다시 빠르게 움직여 릴리에게 앞차기를 날렸다.

릴리는 단검으로 응전했지만 그 단검도 튕겨 날아갔다.

"역시 오른손잡이인가."

패트릭이 씩 웃었다.

"어깨를 다쳤으니 못 싸우겠어."

"얄미운 소리를 하는 적이네요……!"

릴리는 뒤돌아 뛰기 시작했다. 다친 어깨가 아파서 도중에 비틀거렸지만 쓰러지기 직전에 버텼다.

패트릭은 침착하게 릴리를 쫓았다.

그가 추측한 대로 릴리는 지금 제대로 싸울 수 있는 상태가 아니었다. 단검을 세게 쥐지도 못했다.

하지만 복도 끝에 도망칠 곳은 없었다.

고정창을 권총으로 깨더라도 7층에서는 뛰어내릴 수 없다. 천천히 내려가려고 한다면 지상에서 대기 중인 패트릭의 동료에게 사살당한다.

릴리가 도망친 곳은 남자 화장실이었다.

소변기가 다섯 개, 대변기가 두 개, 그리고 청소도구함이 하나. 천장에는 배수관이 있었다. 특별한 설비는 없었다.

"쫓아 들어오면!"

릴리가 언성을 높였다.

"독가스를 살포할 거예요! 아무리 공조기가 작동하더라도 화장실은 밀실이에요!"

"그렇지. 화장실 배기구 정도는 막을 수 있으니까."

패트릭은 주저 없이 화장실에 들어갔다.

"하지만 과연 너한테 독가스가 남아 있을까? 아까 7층 전체를 꽉 채울 만큼 썼는데?"

"……윽."

"뭐, 좋아. 내가 쓰러지면 다시 환기될 때까지 기다리면 돼. 다음 사람이 죽이면 그만이야. 그 사람이 쓰러지면 또 다음 사람이. 네 수중에 그만큼 독이 있을 것 같지는 않지만."

릴리는 왼손으로 권총을 들었다.

패트릭이 미소 지었다.

"역시 독가스는 없나. 일부러 함정에 걸린 척하길 잘했다니까."

릴리는 발포했지만, 주로 쓰던 손이 아닌지라 빗나갔다. 패트릭이

상대를 현혹하는 스텝을 밟아서 타이밍을 놓쳤다.

그는 릴리에게 육박하여 배를 때렸다.

상체를 숙인 릴리의 발을 걸어서 넘어뜨렸다.

"자, 이걸로 끝이야."

패트릭은 화장실 바닥에 고꾸라진 릴리의 얼굴을 밟고 말했다.

"쓸데없는 저항 하느라 수고했어."

"윽……."

릴리는 일어나려고 손을 뻗었다.

패트릭이 그 손을 밟았다.

"질문이야. 너는 누구지? 어느 나라의 스파이지? 동료는 어디 있어?"

"신문인가요……."

"나도 악마는 아니야. 전부 실토하면 목숨만큼은 살려 줄게."

패트릭은 상냥한 음성으로 속삭였다.

물론 릴리가 솔직히 대답하더라도 살려 줄 것 같지는 않았지만.

"……안 말할 거예요."

릴리는 고개를 가로저었다.

"어째서? 여기서 죽는 것보다 훨씬 낫잖아?"

비웃는 듯한 뉘앙스였다.

"이해가 안 가. 그렇게 조국이 소중해? 아니면 동료가?"

"……."

그 질문에 릴리는 그저 침묵했다.

◇◇◇

입을 다문 릴리를 내려다보며 패트릭은 한숨을 쉬었다.

'답하지 않네……. 그럼 이만 죽일까.'

붙잡은 스파이를 신문하는 것은 일부 일개미만 명령받은 일이었다.

왕을 거역할 수 없는 노예는 그저 충실하게 사명을 다한다.

하지만 필요 이상으로 이곳에 오래 있을 마음은 없었다. 조금 전에 빌딩 현관에서 동료가 한 명 폭살당했다는 보고가 들어왔다. 소녀의 동료가 모이고 있는 걸지도 모른다.

패트릭은 품에서 자동 권총을 꺼내 슬라이드를 당겼다.

경쾌한 소리가 나며 탄환이 장전되었다.

총구를 릴리의 머리에 겨눴다.

'……이 아이도 세계에 굴복하는구나.'

패트릭은 덧없다고 느꼈다.

이전에 『앵화』를 죽인 것처럼 또 어린 생명 하나가 저물려고 했다.

'그래. 왕에게는 거역할 수 없어. 괜한 희망 같은 건 필요 없어.'

안타깝지만 타깃이 왕에게 반항할 힘이 없다는 것은 명백했다.

분명 뛰어난 스파이는 아닐 것이다. 그녀는 일개미 열두 명을 한 사람도 해치우지 못하고 화장실에 꼴사납게 쓰러져 있었다. 오른쪽 어깨에서 피가 나서 제대로 싸우지도 못한다.

덧없는 생명을 가엾게 여기며 패트릭은 방아쇠에 손가락을 걸었다.

"—저는."

릴리가 입을 열었다.

"이곳보다 지독한 지옥에서 태어났어요. 우스울 만큼 사람 목숨이 가볍게 여겨지는 곳에서 살았어요."

엎어진 채로 릴리의 입술이 움직였다.

"뭐?"

"알고 지내던 사람이 줄줄이 죽어 나가는 세상에서 저는 강하게 소원했어요. 살고 싶다고. 그냥 사는 게 아니라 빛나고 싶어요. 저는 **저를 쓰레기 취급한 세상을 용서할 수 없어요**. 누구보다도 화려하게 피어나서 떠받들리고 싶어요. 뭐, 개인적인 욕망이지만요."

"……?"

뜬금없이 릴리가 떠들기 시작해서 패트릭은 당황했다.

대체 무슨 말을 하는 걸까. 목숨 구걸 말고 대체 무슨 할 말이 있는 걸까.

갑작스러운 독백에 곤혹스러워할 수밖에 없었다.

—패트릭은 모른다.

눈앞에 있는 소녀가 얼마나 큰 집념을 품고서 살아왔는지. 절망의 마을에서 그녀가 무엇을 영혼에 새겼는지. 양성 학교에서 무시당하던 8년간 그 마음을 얼마나 불태웠는지.

『화원』 릴리에게는 깃들어 있었다.

어떤 상황에서든 승기를 잡고자 하는— 한없는 정신력이.

아무것도 모르는 패트릭은 그저 짜증이 났다.

'왜 쓸데없는 오기를 부리지……?'

릴리의 태도는 패트릭의 신경을 건드렸다. 모든 것을 포기한 청년에게 릴리의 마음은 너무 눈부셨다.

"아까부터 무슨 소리를—."

방아쇠에 걸친 손가락에 힘을 주면서 패트릭은 말을 내씹었다.

"아, 그런데."

그리고 릴리는 미소 지었다.

"—이 놀이에 언제까지 장단을 맞춰 주면 되나요?"

패트릭의 예상은 틀렸다.

릴리는 쓸데없는 오기를 부린 게 아니었다. 릴리가 얻은 정보는 아네트에 의해 티아와 그레테에게 전달되고 그녀들은 그 정보를 완벽하게 활용한다.

릴리의 흔들리지 않는 정신력은 절망뿐인 미타리오의 전황을 뒤집는다.

미타리오의 골목에 있는 잡거빌딩에서.

지비아와 에르나도 릴리와 마찬가지로 빌딩 위층에 몰려 있었다.

총으로 견제하며 적과 거리를 뒀지만 총알은 무한하지 않았다. 이윽고 두 사람의 총알이 바닥나며 조금씩 위로 몰려서 끝내는 옥상에 다다랐다.

권총을 든 적이 속속 옥상으로 왔다. 각각이 아까 지비아와 호각으로 싸웠던 바론과 비슷한 실력을 가지고 있을 것이다.

지비아는 단검을 들고 에르나 앞으로 한 걸음 나갔다. 모 아니면 도라는 심정으로 돌격하려고 했다. 결사의 각오를 알아차린 에르나가 「지비아 언니……」 하고 말렸지만 지비아는 이미 결심한 상태였다.

"눈 감고 있어."

지비아가 다정하게 말했다.

"지금부터 내가 진심으로—."

뭔가를 전하려고 했다.

그때— 말라빠진 검은 그림자가 끼어들었다.

깡마른 청년인 『시체』 롤랜드가 옥상에 홀연히 나타났다.

"어……?"

지비아가 신음했다.

"왜 네가……?"

"새로운 주인님에게 부탁을 받았거든."

그는 권총 두 자루를 양손에 들고서 돌리고 있었다.

어딘가 몽롱한 목소리로 물었다.

"그보다 잘 봐. 나랑 화톳불 중에 누가 더 빨라?"

이후로는 순식간이었다.

양손으로 권총을 쏘며 열두 명의 적에게 돌격했다. 적도 당연히 정면으로 덤벼드는 롤랜드에게 권총으로 대응했지만, 그들이 쏜 총알은 신기하게도 롤랜드 옆을 지나쳤다.

반면 롤랜드의 속사는 정확했다.

티아의 명령으로 한 사람도 죽이지 않았으나 그 기량은 독보적이었다. 총성이 딱 열두 발 울렸을 때, 적은 전부 제압되어 있었다.

““……!””

지비아와 에르나는 어안이 벙벙해졌다.

—세계를 전율시킨 암살자 『시체』의 신기였다.

강 옆에 있는 골목에서.

저격수 열두 명에게 쫓기면서도 모니카는 포기하지 않았다. 사라와 함께 보험 회사 사무실에 몸을 숨기고 궁지를 타개할 방법을 찾았다.

열두 명을 쓰러뜨리지는 못해도 모니카 혼자라면 도망칠 수 있었다. 하지만 그러면 파트너인 사라는 죽는다. 사라를 버릴 수는 없었다. 앞으로 한 조각만 더 있으면 되는데 그 한 조각이 부족했다.

희망이 보이지 않아서 모니카가 크게 혀를 찼을 때, 변화가 생겨났다.

두 사람을 찾고 있는 일개미들이 동요했다.

“여기군요…….”

그리고 직후에 뒷문 쪽에서 목소리가 들렸다.

뛰어 들어온 사람은 틀림없이 클라우스의 모습을 하고 있었다.

"선생님?!"

"클라우스 씨?"

사라와 모니카가 일순 눈을 크게 떴다가 곧장 한숨을 쉬었다.

"—가 아니라 그레테인가."

모니카가 어깨를 떨궜다.

"……일손이 부족해서요. 보스가 아니라서 죄송합니다."

"어디 있는지 용케 알았네."

"지붕에 에이든 씨가 앉아 있었으니까요……."

모니카는 의외라는 듯 눈을 가늘게 뜨고서 사라를 보았다.

사라는 작게 고개를 끄덕였다. 밤의 어둠을 틈타 애완 비둘기를 날렸던 모양이다.

"그랬구나. 아무튼 적은 왜 동요하고 있는 거야?"

그레테는 자신의 얼굴에 손을 올렸다.

"아까 잠깐 적들에게 모습을 보여 줬습니다……. 역시 적들도 보스의 모습은 알고 있는 것 같네요. 상당히 경계하고 있습니다."

"그야 그렇겠지. 싸워도 절대 못 이길 남자가 나타나면 누구나 겁먹어."

"네. 훌륭하죠. 이번이 처음은 아니지만, 보스의 모습으로 바뀌는 건 느낌이 이상해요. 마치 보스와 한 몸이 된 것 같아요……."

그레테는 수줍어했다.

"……흥분되네요."

"긴장해서 머리가 회까닥했어?"

날카롭게 태클을 걸면서 모니카는 일어났다.

"하지만 좋아, 그레테. 네 덕분에 도망칠 방법이 생겼어. 사라도 도와줄래? 나랑 같이 이렇게 인원을 배치한 티아를 때려 주러 가자."

"……책략은 준비해 뒀습니다."

"좋네. 그럼 셋이서 해볼까."

그렇게 선언하며 모니카는 거울을 몇 장 꺼내 손가락 사이에 끼웠다.

—머지않아 업계에 『소진(燒盡)』이라는 이명을 떨치는 그녀가 각성의 편린을 보였다.

"이 놀이에 언제까지 장단을 맞춰 주면 되나요?"

릴리가 그렇게 선언한 직후, 변화가 일어났다.

화장실 내 수도관이 터졌다.

천장에 설치된 수도관이 갑자기 터지며 물이 패트릭에게 쏟아졌다. 위기를 느낀 패트릭은 대피하기 전에 릴리를 사살하기로 결단했다. 방아쇠를 당기려고 했다.

하지만 릴리의 반격이 더 빨랐다.

전류가 흘렀다.

패트릭의 전신에 갑자기 타는 듯한 강렬한 통증이 일었다.

"—악!!"

입에서 비명이 터져 나왔다.

릴리가 준비해 뒀던 전기 충격기를 작동시킨 것이다. 수도관에서 분출된 물이 전기 충격기와 패트릭을 잇는 도선이 되었다. 아네트 특제, 개조 전기 충격기. 그 위력이 얼마나 대단한지는 말할 것도 없었다.

그리고 그 전류는 작동시킨 릴리에게도 미쳤다.

"……아파!"

하지만 릴리는 기합으로 이겨 냈다.

타고난 저력만으로 이겨 내고서 패트릭을 밀쳤다.

"이년이……!!"

화장실 입구에서 상황을 살피던 다른 일개미가 릴리를 잡으려 들었다.

수도관에서 분출된 물은 이미 물살이 약해진 상태였다.

다친 소녀 한 명을 제압하는 것 정도는 간단했다. 중년 남성 두 명이 릴리에게서 전기 충격기를 압수하려고 화장실에 들어왔다.

"멈춰! 뒤쪽에서 또 물이—."

패트릭의 제지는 효과가 없었다.

갑자기 화장실 밖에서 밀려든 물이 남자들보다 빨리 바닥을 삼켰다. 불과 3cm 정도였지만 남자들의 신발이 물에 잠기기에는 충분했다.

릴리가 기동시킨 전기 충격기를 물에 담가 전격을 가했다.

돌입한 남자들은 비명을 지르고 그대로 실신하여 릴리에게 도달하기 전에 쓰러졌다.

물론 릴리도 다시 전기 충격을 받았다. 패트릭도 마찬가지였지만.

릴리는 비틀거리며 웃었다.

"아~ 역시 이렇게 물이 넘치니까 전기가 확산되어 버리네요. 7층에 있는 전원을 일망타진할 수는 없겠어요."

그녀는 발을 바닥에 끌며 청소도구함으로 가더니 「오, 고무장화 발견」 하고 중얼거리고서 신발을 갈아 신었다.

여유 부리는 릴리에게 누구도 덤비지 못했다.

두 번이나 전격을 먹은 패트릭은 권총도 제대로 들지 못했다.

화장실 안에 있는 일개미는 전격을 먹고 움직이지 못했다.

밖에 있는 일개미는 화장실 안쪽에 있는 릴리를 사격할 수 없었다. 섣불리 다가가면 전기 충격기에 당한다.

화장실에 모인 물은 이제 5cm 정도 됐다. 배수구를 미리 막아뒀는지 물이 빠지지 않았다.

"갑자기 터지는 물은 무섭죠."

릴리가 웃었다.

"저도 한 번 당했었어요. 선생님과 처음 만나고 호수에서 데이트했을 때. 함정에 빠뜨렸다고 생각한 상대에게, 지금처럼."

그립다는 듯 눈을 가늘게 떴다.

하지만 패트릭은 그런 추억 이야기보다도 신경 쓰이는 점이 있었다.

"어째서 이렇게 많은 물이……?"

"줄곧 8층에 모아 뒀거든요. 8층과 9층의 수도관을 파괴해서 말이죠. 막아 뒀던 물은 정해진 시간이 되자 흘러갔고 7층 바리케이드에 부딪쳐 머물게 됐어요. 빌딩 옥상에 저수조가 있었으니까요. 그 물이 흘러나오게 하니까 단기간에 물을 모을 수 있었어요."

"그 책상 바리케이드는—."

"독가스 때문에 만든 게 아니에요. 도박에 이겼네요. 6층의 이중 와이어 트랩을 눈치채는 실력자라면 **바리케이드를 굳이 부수지 않고 독가스 함정에 걸린 척할 것**이라고 예상했죠. 시늉을 너무 잘해서 놀라긴 했지만, 제가 진짜로 노렸던 건 처음부터 물 공격이에요."

패트릭은 신음했다.

이 어린 소녀가 지금까지의 전개를 전부 예상했을 줄은 몰랐다.

보란 듯이 놓여 있었던 바리케이드— 그걸 부수는 게 정답이었을까? 아니, 그랬다면 그녀는 독가스를 온존하고 다른 수단을 썼을 것이다.

그녀는 승부를 버리지 않았다.

절체절명의 위기에도 머리를 계속 굴리고 거짓말을 구사하여 살아남으려 하고 있었다.

"지금 당장 6층으로 도망쳐!"

패트릭은 화장실 밖에 있는 동료에게 외쳤다.

"바리케이드를 부수면 물은 흘러가! 그러면 총으로 죽일 수 있어!"

패트릭에게는 아직 동료가 세 명 남아 있었다. 그들 중 한 명이 계단에 도달하면 패트릭 측의 승리다.

"도망치게 둘 것 같아요?"

하지만 릴리도 달려 나갔다.

"진짜로 진심인 릴리예요! 전기 충격기 축제를 시작합니다. 저는 고무장화를 신어서 괜찮지만요!"

릴리도 전격을 두 번 먹었을 텐데 그 이동에서는 대미지가 보이지 않았다.

침수된 바닥을 박차고 화장실 밖으로 뛰쳐나갔다.

패트릭도 몸을 끌며 릴리를 쫓았다.

화장실 밖에서 릴리와 일개미들의 교전이 벌어졌다.

일개미들은 권총으로 무장했다. 하지만 조준해야 하는 총보다도 전기 충격기가 훨씬 빨랐다.

7층 바닥은 전부 물에 잠겨 있었다.

패트릭은 회의실의 문손잡이에 발을 올려 피했지만 대다수는 전격으로부터 도망치지 못했다.

개조 전기 충격기로 가하는 전격은 그야말로 번개 같은 속도로 물을 통해 퍼졌고, 물에 젖은 신발로 침투하여 주변에 있는 인간을 무차별적으로 공격했다.

일개미 두 명이 고통스러워하며 총을 떨어뜨렸다.

그리고— 릴리도 전격을 먹었다.

"으아아, 손이 젖어 있어서 고무장화는 의미가 없었어요!"

그야 그럴 거라고 패트릭은 태클을 걸었다.

덜렁이일지도 모른다.

하지만 비틀거린 릴리는 곧장 가슴을 쭉 폈다.

"하지만 노 대미지! 저는 전기도 통하지 않는 체질이거든요!"

거짓말하지 말라고 패트릭은 거듭 태클을 걸었다.

숨 쉬듯이 거짓말하며 릴리는 바리케이드로 향하는 일개미를 처리하고자 했다. 고무장화를 벗어 버리고 맨발로 달려갔다.

그녀는 이제 제대로 싸울 수도 없을 터다. 하지만 자폭 공격만으로 일개미들을 압도해 나갔다.

'대체 이 여자는 뭐야……?'

패트릭은 문손잡이에 발을 올리고 벽에 붙은 채 움직일 수 없었다. 권총을 들었지만 손이 저려서 떨어뜨리고 말았다. 어쩔 수 없는 일이었다. 그 전기 충격을 몇 번이나 맞고서 달릴 수 있는 쪽이 이상한 거였다.

—『화원』 릴리는 계속 움직인다. 어떤 곤경에도 멈추지 않는다.

—『화원』 릴리는 포기하지 않는다. 진짜 지옥을 알고 있으니까.

패트릭이 「뒤엎을 수 없다」고 포기했던 왕의 지배에 한 소녀가 맞서려고 했다.

이윽고 일개미 한 명이 계단의 바리케이드에 몸을 부딪쳤다. 한자리에 머물면서 생긴 수압도 어우러지며 물은 빠르게 빠졌다. 릴리가 마지막 한 명에게 전기 충격기를 대서 혼절시켰지만 한번 흐르기 시작한 물은 막을 수 없었다.

패트릭은 주먹을 쥐었다.

바닥이 물에 잠기지 않았으니 전기 충격을 받을 일도 없다. 이제 부활한 동료와 함께 싸우지 못하는 소녀를 가지고 놀면 된다.

그는 웃었다.

"우리가 이겼—."

"—훌륭해, 릴리."

냉철한 목소리가 7층에 울렸다.

패트릭의 시선 끝에서 릴리가 미소 짓고 있었다.

"선생님, 왜 이렇게 늦게 와요……."

기쁘게 중얼거리고서 천천히 바닥을 향해 쓰러졌다.

"……제가 이겼어요."

이미 릴리의 몸은 한계였던 모양이다. 긴장이 풀렸는지 눈을 감고 난입자에게 기댔다.

패트릭의 시야에는 아직 모습이 보이지 않았지만—.

"—극상이야."

그 중얼거림이 들린 직후에 무시무시한 속도로 다가온 그림자가 패트릭의 의식을 앗아 갔다.

일개미들을 구속한 후, 클라우스는 기절한 릴리를 안고서 계단을 내려갔다.

전기 충격기로 몇 번이나 자폭 공격을 벌인 탓인지 옷에서 탄내가 났다. 이쯤 되면 정신력으로 어떻게 되는 문제가 아닌 것도 같지만 릴리는 버텨 낸 것 같았다. 암살자에게 포위당한 가운데, 재치와 정신력만으로 시간을 벌었다.

'……최후에 의지한 건 독이 아니라 나와 싸운 기억인가.'

릴리가 어떤 전법을 썼는지는 현장을 보면 상상이 갔다. 릴리다운 전법이었다. 『등불』에서 누구보다도 적극적으로 훈련에 임하는 사람은 릴리였다.

그 사실이 자랑스럽기도 했고 사랑스럽기도 했다. 그녀의 교관으로서.

"……응."

릴리가 깨어났는지 작게 신음했다.

그리고 클라우스를 보더니 「아아」 하고 숨을 내쉬었다.

"……달려와 주셨군요, 선생님. 망상인가 했어요."

"그래. 너는 확실하게 살아남았어."

"선생님이 현실이라면 저한테 디너를 대접할 줄 거예요."

"그럼 망상일지도 모르겠군."

릴리의 눈은 어딘가 공허했다.

"다른 아이들은 어떻게 됐나요……? 무사한가요?"

"아직 안심할 수는 없지만 대응은 했어. 네 덕분이야."

"역시 『보라개미』 짓인가요……?"

"그런 것 같아. 나는 이제 티아와 함께 결판을 내러 갈 거야."

클라우스는 수긍했다.

티아가 롤랜드를 통해 『보라개미』의 아지트를 알아냈다. 일단 먼저 잠입한 티아가 보라개미의 모습을 확인한 후, 클라우스가 쳐들어가는 계획이었다.

그렇게 전하자 릴리는 몸을 뒤척여 클라우스의 품에서 빠져나와 바닥에 떨어졌다.

"……그럼 선생님은 준비를 진행해 주세요. 저는 이제 괜찮아요. 혼자 걸을 수 있어요."

그건 『등불』의 리더로서 가진 긍지일까. 후들거리는 다리를 찰싹 때리고서 계단 난간에 매달렸다.

"아네트와 합류할 때까지 옆에 있어 줄게. 혼자 있는 것도 힘들잖아?"

"하지만 빌딩 안에 있던 적은 선생님이 전부 처리한 거잖아요? 그럼 문제없어요."

"……."

릴리의 눈은 진지했다.

아까 죽을 뻔했던 소녀가 할 말은 아니었다.

"가끔은 너도 어리광을 부리는 게 어때?"

클라우스는 물었다.

"……?"

"너에게 그 역할을 맡긴 건 나지만 너무 담대해. 사실은 무서울 테지. 겁도 날 거야. 그런데 너는 그걸 숨기듯이 웃으며 다른 사람들을 격려해. 위기가 닥치면 광대처럼 농담하여 분위기를 띄우고 혼자서 분골쇄신하며 움직여. 힘들지 않아?"

"……………………."

긴 침묵 후에 릴리는 고개를 가로저었다.

"……아뇨, 전혀."

"그런가."

"하지만 가끔은 좋을지도 모르겠네요. 어리광쟁이 릴리."

"묘한 울림이군."

"선생님의 옷을 꼭 잡고서 머리를 쓰다듬어 달라고 하는 릴리."

"어딘가 에르나 같군."

"임무를 달성한 상으로 무릎베개를 요구하는 릴리."

"너는 밥을 더 좋아하잖아."

"도와달라며 선생님한테 애원하는 릴리."

"……그건 평소랑 똑같은데."

"필요 없어요."

릴리는 고개를 가로젓고 바닥에 앉았다.

"언젠가 그런 추태를 부릴지도 모르죠. 하지만 지금은 괜찮아요. 저는 선생님 덕분에 빛나는 방법을 찾을 수 있었어요. 그거면 충분해요."

"그런가."

"선생님의 품은 다른 아이를 위해 비워 두세요."

릴리는 그대로 잠들듯 눈을 감았다.

상당히 대담한 행동이었다. 구속했다고는 하지만 아직 적은 7층에 있었다.

하지만 그녀는 이미 한계일 것이다.

클라우스는 릴리의 어깨에 살며시 베스트를 덮어 줬다.

이리하여 미타리오 내 비즈니스 빌딩에서 벌어진 싸움은 막을 내렸다.

『화원』 릴리가 홀로 싸운 기록.

비루하게 계속 발버둥 친 소녀가 얻은 것은 틀림없는 승리였다.

딘 공화국—.

스파이 양성 학교의 교장실에서 페기는 한숨을 쉬었다.

날이 쌀쌀했다. 옷을 한 겹 더 걸치게 하는 바람이 부는 날이었다. 산속에 있는 이 시설은 산기슭에서 바람이 올라왔다. 마치 멀리서 온 선물을 전달하듯이.

이런 날은 생각이 많아졌다.

이곳을 졸업한 학생들은 지금쯤 어쩌고 있을까, 하고.

“웬 한숨을 그렇게 쉬세요?”

교장실에서 서류를 정리하는 젊은 남성 교관이 웃었다.

“조금 불안해져서요.”

페기도 웃었다.

"우리 학교 졸업생들이 어쩌고 있을까 하는 생각에."

"그러게요. 상층부도 가끔은 알려 줘도 좋을 텐데 말이죠. 그게 스파이 세계니까 어쩔 수 없는 일이지만요."

교관은 입술을 삐죽이며 동의해 줬다.

스파이 세계에서 쓸데없는 정보 교환은 이루어지지 않는다. 페기와 교관들은 자신들의 제자가 실제로 어떤 임무를 수행하고 어떤 성과를 올렸는지 알 길이 없었다.

설령 죽더라도 보고되지 않는다.

그 사실이 교관으로서 안타까웠다.

종종 불안한 마음이 들었다. 제자들은 지금 어디서 뭘 하고 있을까.

"우리 학교의 우등생들도 결국 졸업 시험에서는 좋은 성적을 받지 못했어요……. 전선에 일손이 부족해서 결국 졸업시킬 수밖에 없었지만요."

"이번에는 타교 학생이 너무 우수했어요. 『잔향(殘響)』 빈드와 『기뢰(機雷)』 빅스는 교관을 능가하는 수재라고 평가받으니까요. 우리 아이들을 전멸시킨 『투영(投影)』 팔마는 『성수(聖樹)』의 딸이잖아요?"

"……세상은 넓다고 말할 수밖에 없네요."

다시금 한숨을 쉬었다.

페기의 학교에서 뛰어난 성적을 거뒀던 학생들도 타교의 최우등생과 겨루니 평범한 성적으로 끝나고 말았다.

우등생이라고 해서 졸업 후에 모든 일이 잘 풀린다는 보장은 없었다.

그럼 낙오자는? 열등생이라고 해서 모든 일이 실패한다는 보장은 없는 것 아닌가?

"아, 그러고 보니."

교관이 웃었다.

"오늘 아침 신문 보셨어요?"

"응?"

"재미있는 뉴스가 있었어요. 허무맹랑하지만요."

그렇게 말하며 그는 기사를 보여 줬다.

—【기괴! 미타리오에서 암약한 악마, 대악녀 리릴린!】

가십 같은 제목이 붙은 기사였다.

무자이아 합중국의 수도에 나타난 살인마가 시민 일흔여섯 명을 살해하고 도망친 끝에 죽었다. 생전의 그녀를 아는 자에 의하면 딘 공화국 출신의 아주 사랑스러운 은발 소녀로, 햄버거 가게에서 아르바이트를 했으며, 가슴이 크고, 덤벙대고, 식탐이 강하고—.

페기는 거기까지 읽고서 배를 잡고 웃음을 터뜨렸다.

교관이 의아해하며 고개를 갸웃했지만 한동안 웃음이 멎지 않았다.

확신했다.

이건 허위 보도다. 뒷세계에서 발생한 사건을 은폐하기 위해 스파이들이 퍼뜨린 뉴스다. 그리고 그 아이가 연관되어 있을 것이 틀림없다. 특징이 딱 맞아떨어졌다.

아마도 그 아이는 살아 있다.

그리고 시체를 무마하기 위해 그 아이의 이름이 쓰였을 것이다.

"씩씩하게 잘 지내고 있잖아."

페기는 눈물을 닦으며 말했다.

이렇게 기분이 좋은 게 대체 얼마 만일까?

그녀는 생각했다. —『화원』 릴리의 명성은 이제 막 알려지기 시작했을 뿐일 거라고.

이곳을 떠난 낙오자는 지금 세계에서 빛나고 있다.

막간 인터벌②

아지랑이 팰리스가 아침 아홉 시를 맞이했을 때, 지비아가 크게 하품하며 주방으로 내려왔다. 머리는 심하게 뻗쳐 있었다.

주방에는 마찬가지로 졸린 얼굴인 사라가 있었다.

"좋은 아침. 사라, 너도 지금 일어났어?"

"아, 넵. 완전히 늦잠 자고 말았습니다."

사라는 빵을 잘라 토스터로 굽고 있었다. 그 외에는 샐러드가 2인분 놓여 있었다. 조식 당번이었던 그레테가 준비했을 것이다.

다른 사람의 접시는 없었다.

"다른 애들은 벌써 일어났나 보네."

"아하하, 저희가 마지막이 되어 버렸네요."

두 사람은 웃으며 아침 식사를 준비하기 시작했다. 나이프와 포크를 식탁에 놓고 냉장고에서 버터와 잼을 꺼냈다.

그러면서 지비아는 조리대 위에 낯선 종이가 있음을 알아차렸다.

"이건 뭐야?"

사라도 「어라?」 하며 고개를 갸웃했다.

"저희한테 쓴 메모일까요?"

"우리 몫의 샐러드 옆에 있으니까 그렇지 않을까? 뭐지? 냉장고에 디저트라도 있나?"

두 사람은 기대하며 종이를 뒤집었다.

《클라우스는 너를 사랑한다.》

그런 문장이 적힌 메모였다.

""...""

두 사람은 말을 잇지 못했다. 머릿속에는 의문이 가득했다. 대체 「너」는 누구를 가리키는 걸까. 평범하게 생각하면 아침을 먹으러 온 지비아나 사라, 둘 중 한 명에게 쓴 문장이었다.

두 사람은 동시에 그 답에 도달하여 「「응응응?!」」 하고 얼굴을 붉혔다.

다섯 번째, 그리고 여섯 번째 오해.

꼬리에 꼬리를 문 오해가 낳은 소동이 시작되려고 했다.

5장 우리를 사랑한 스파이

"그래, 서둘러 파견해 줘. 계속 망가진 채로 두는 건 보기 흉하니까."

클라우스는 짧게 용건을 전하고 수화기를 내려놓았다. 자신의 방에 있는 책상 앞에 앉아 가볍게 한숨을 쉬었다.

그가 전화를 건 곳은 대외정보실의 총무과였다.

—예전에 『홍로』가 썼던 방이자 현재는 릴리가 쓰는 방을 수리해 달라는 의뢰였다.

『시체』 임무 직전에 릴리의 방은 아네트의 폭탄으로 파괴되었다. 바빠서 수리하지 못했지만, 미타리오에서의 임무를 끝내고 마침내 시간이 났다.

앞으로는 클라우스가 사용할 방이기도 했다.

홍로의 방은 클라우스가 이어받아야 한다고 소녀들이 권하여 방 교환이 결정되었기 때문이다. 그는 줄곧 『등불』의 이전 팀인 『화염』 시절부터 사용한 좁은 말단용 방을 쓰고 있었다. 드디어 졸업할 날이 왔다.

—클라우스는 『등불』의 보스로서 살아간다.

마침내 그 각오가 선 기분이었다.

'동경하는 뒷모습은 위대하지만 말이지.'

눈을 감으면 타는 듯한 붉은 머리를 가진 여성의 모습이 언제든 떠올랐다. 클라우스가 「보스」라고 부르며 따랐던 존재— 코드 네임 『홍로』, 페로니카.

『클라우스. 역시 한 가지 더 말해 둘게.』

그녀는 스파이의 마음가짐뿐만 아니라 사는 방식 자체를 클라우스에게 가르쳐 줬다. 기술은 다른 멤버에게 배우는 일이 많았지만, 정신적인 면은 그녀의 영향이 매우 컸다.

클라우스는 다시금 한숨을 쉬었다.

최강의 스파이라고 자부하는 클라우스지만 「최고의 교사」나 「최고의 보스」라고 하기에는 부족한 점이 많았다. 부하들과의 의사소통만 보더라도 『홍로』에게는 한참 못 미쳤다.

'……가끔은 그 녀석들도 관여하게 할까.'

그렇게 정하고 클라우스는 방을 나섰다. 시각은 정오. 점심시간이었다.

식당으로 가니 마침 여덟 소녀가 모두 자리에 있었다. 유독 침울한 티아를 제외하고 다들 평온한 얼굴로 포토푀를 먹고 있었다.

"아아, 너희. 마침 잘됐어."

""""""""헉?!""""""""

일부 소녀의 어깨가 크게 떨렸다.

클라우스는 고개를 갸웃했다.

"……음? 왜 놀라지?"

잘 이해가 안 가는 반응이었다.

릴리, 지비아, 사라, 에르나, 모니카가 어째선지 긴장한 듯 얼굴을 굳히고 있었다. 얼버무리려는 것처럼 포토푀를 먹었지만 손이 미묘하게 떨렸다.

릴리가 어색하게 웃었다.

"아, 아아아뇨, 아무것도……."

"오늘 저녁에 릴리의 방을 수선할 업자가 올 거야. 스파이 전문 수선 업자야. 앞으로도 신세 지게 될 테니까 아무나 한 명 나랑 같이—."

""""""헉?!""""""

다섯 명이 재차 떨었다.

역시 이상한 반응이었다.

"……정말로 너희 왜 그래?"

"하, 한 명만요?"

릴리가 되물었다.

"음? 그래. 굳이 모두의 얼굴을 보여 줄 필요도 없겠지."

"이, 이 중에서 한 명만, 서, 선생님과 단둘이 업자를 기다리는 거군요……!"

"왜 설명을 반복하지?"

자신과 둘이서 행동하는 것에 무슨 문제가 있는 걸까.

'……왠지 안 좋은 예감이 드는데.'

부끄러워하는 것 같은 다섯 소녀는 확연하게 모습이 이상했다.

하지만 클라우스가 말을 걸면 난처한 듯 몸을 움츠렸다.

스파이의 직감이 좋지 않은 상황을 감지했다.

일단 떠나는 편이 좋을 것 같았다.

"따로 할 일이 있다면 강요하진 않겠어."

그렇게 전하고 당장 식당에서 벗어나기로 했다.

'……역시 부하와 교류하는 게 제일 어렵군.'

일찍이 『화염』을 이끌었던 보스처럼 되기까지는 갈 길이 멀어 보였다.

◇◇◇

클라우스가 떠나고 어색한 분위기가 흐르는 식당에서 그레테가 말했다.

"……여러분, 제가 발언해도 될까요?"

저마다 디저트로 사과를 먹기 시작했을 때였다.

"……휴가가 끝나면 다시 국내 방첩 임무와 병행하여 평소 하던 훈련이 이루어질 겁니다. 지금부터 책략의 방향성만큼은 간단히 정해 두고 싶은데요."

"오, 좋네요. 그레테. 찬성이에요."

릴리가 엄지를 치켜들었다.

"네……. 그러니 누군가 보스를 미행해 주실 분은—."

""""""헉?!""""""

아까와 마찬가지로 릴리, 지비아, 사라, 에르나, 모니카가 몸을 움찔했다. 그중 절반은 포크로 찍은 사과를 떨어뜨렸다.

"……?"

왜 그런 반응을 보이는지 알 수 없어서 그레테는 고개를 갸웃했다.

"미, 미행인가."

지비아가 상기된 목소리로 말했다.

"그 녀석 뒤에 바싹 붙어 다니는 거잖아? 즉, 그거지. 데이트 같은 행위야."

"……전혀 다르다고 생각합니다."

"아니, 그런 건 말이지, 그레테가 하는 편이 좋잖아? 뭔가 사고가 생겨도 문제고."

"사고요……?"

"아, 아니! 실패할지도 모른다는 거지!"

지비아가 손을 휘휘 내저으며 발언을 취소했다.

그레테는 의아한 얼굴로 눈을 깜빡거렸다.

"제가 미행해도 상관없지만, 역시 이런 일은 체력이 있는 지비아 씨나……."

"윽?! 아, 아니, 안 할래!"

지비아가 양팔을 교차시켜서 커다란 가위표를 만들었다.

"……아니면 동물의 후각을 다룰 수 있는 사라 씨나."

"무, 무리임다! 패스하고 싶슴다!"

사라가 뉴스보이캡을 푹 눌러써서 얼굴을 가렸다.

“……또는 모니카 씨에게 부탁하려고 했는데요.”

“어? 싫어.”

모니카가 진심으로 거절한다는 듯 눈을 가늘게 떴다.

후보로 생각했던 전원이 거절해서 그레테는 멍해졌다.

“……여러분, 몸이 안 좋으신가요?”

옆에서는 릴리와 에르나가 고개를 숙이고서 자신에게 말이 돌아오지 않도록 애쓰고 있었다. 특히 릴리는 이따금 작위적으로 기침하며 「모, 몸 상태가……」 하고 감기 걸린 척 연기했다.

물론 그레테도 식당의 분위기가 이상하다는 것은 눈치채고 있었다. 하지만 원인을 모르는 그녀는 당혹스러워할 수밖에 없었다.

참고로 현재 릴리, 지비아, 모니카, 에르나, 사라의 속마음은 다음과 같았다.

‘마, 말할 수 없어요……!’

‘특히 그레테한테는 들킬 수 없어. 어떤 얼굴로 보면 좋을지 모르겠어!’

‘뭐, 반신반의지만. 그저 가능성일 뿐.’

‘하, 하지만! 아까 작업을 걸어왔어! 둘만의 시간을 만들려고 했어!’

‘믿을 수가 없습다! 서, 설마—.’

그녀들의 생각은 일치했다.

‘선생님이 저한테 ‘나한테 ‘나에게 ‘에르나한테 ‘저에게 반했을 줄이야!’

『클라우스는 너를 사랑한다』라는 고발문이 낳은 오해가 다섯 명에게 침투한 직후였다. 다섯 명 모두가 저마다 「클라우스는 자신을 사랑할지도 모른다」라고 인식하고서 그를 어떻게 대하면 좋을지 알 수 없어 고민하고 있었다.

오해의 연쇄 끝에 생겨난 혼돈(카오스)이었다.

덧붙여서 대충 경위를 파악한 아네트는 활짝 웃고 있었다.

“나님, 뭔가 재미있는 예감이 팍팍 들어요!”

순진무구한 악의 아이는 이 오해를 풀지 않기로 한 것 같았다.

“……아무튼 훈련 얘기는 나중에 하겠습니다.”

오해를 모르는 그레테는 그 이상 파고들지 않았다.

그녀도 각오해야 하는 예정이 잡혀 있었다.

그레테와 티아가 떠난 식당에서 아네트의 장난이 시작되었다.

“나님! 내일 클라우스 형님과 놀려고 하는데 누군가 같이 갈래요?”

““““““윽?!””””””

“누군가가 같이 와 주면 분명 형님도 기뻐할 거예요!”

““““““—윽?!””””””

“그러고 보니 클라우스 형님, 유행하는 데이트 장소를 조사하는 것 같던데.”

““““““——윽?!””””””

"나님, 지금 새로운 장난감을 찾은 기분이에요!"

발언할 때마다 반응하는 동료들을 보고 아네트는 활짝 웃었다. 클라우스와의 연애를 상기시키는 말을 하며 다른 소녀들의 마음을 가지고 놀았다.

—이 여자, 악마였다.

『등불』에 숨어든 사악한 소녀는 오해를 이용하여 잔뜩 장난쳤다.

그 결과, 다섯 소녀는 농락당했다.

모두가 디저트를 다 먹었을 때, 지비아와 에르나는 완전히 피폐해져 있었다.

"이, 일단 식기를 정리하자."

"그, 그러는 게 좋겠어."

이제 목소리에 기운도 없었다.

평소에 냉정하고 침착한 모니카조차 이번 일은 곤혹스러운 것 같았다. 생각지 못한 사람이 자신을 좋아할지도 모른다는 가능성에 어떻게 대처하면 좋을지 알 수 없었다. 확인할 수도 없어서 험악한 얼굴로 미간을 짚었다.

사라는 패닉에 빠져서 기절 직전인 상태로 천장을 올려다볼 뿐이었다.

그리고 릴리는 맹렬하게 초조해하고 있었다.

'큰일이에요……!!'

그녀는 식탁에 엎드려서 귀까지 새빨개져 있었다.

'지금은 휴가도 임무도 중요하지 않아요! 앞으로 선생님을 어떻게

대해야 하는 거죠……?'

남들보다 훨씬 책임감이 강한 릴리는 진지하게 이 문제와 마주하고 있었다.

소녀들의 리더로서 보스와의 연애를 어떻게 생각해야 할까.

'저는 선생님과 그런 관계가 되고 싶지는 않고, 오히려 그레테의 사랑을 적극적으로 응원하는 입장인데……!'

그랬다. 소녀들을 고민에 빠뜨리는 가장 큰 요인은 그레테였다.

그레테가 클라우스를 좋아하는 것은 동료들 사이에서 상식이었다. 클라우스를 위해 헌신적으로 임무에 임하며 스파이로서 성과를 내고 있는 그레테의 사랑은, 자세나 태도가 다르긴 해도 『등불』 전원이 응원하고 있었다.

하지만 클라우스가 사랑하는 사람은 자신일지도 모른다!!

문제밖에 없는 그 사실이 소녀들을 괴롭히고 있었다.

'마, 만약 이 사실을 다른 사람들이 알게 되면—!'

릴리는 최악의 패턴을 상상했다.

릴리의 시점에서 이 사실을 아는 사람은 에르나와 아네트뿐이었다. 하지만 팀 전체에 알려지면 대체 어떻게 반응할까.

—아뇨…… 보스가 선택했으니 어쩔 수 없는 일입니다……. 가슴은 아프지만…….

—릴리, 너 그렇게 안 봤는데. 너는 우정보다 사랑을 택한 거구나.

—릴리 선배, 역시 그건 너무한 것 같습다.

—흐응, 리더라는 입장을 이용해서 유혹한 거야? 역겹네.

—어머, 의외로 육식이구나. 우리도 농락하지 못했던 선생님을 공략하다니.

슬프게 눈물 흘리는 그레테, 경멸하는 시선을 보내는 지비아, 사라, 모니카, 티아의 모습이 떠올랐다.

'엄청난 비극이 벌어질 것 같은데요!!'

속으로 비명을 질렀다.

최악의 인간관계가 완성될지도 모른다. 『등불』은 서스펜스 소설 같은 질척질척하고 숨 막히는 조직이 될 것이다.

'그, 그것만큼은 막아야 해요!'

최악의 미래가 머릿속을 스쳤을 때, 릴리는 일어났다.

"결심했어요……."

입술을 꾹 깨물고 정면을 응시했다. 눈동자에서 불꽃이 힘차게 타올랐다.

다른 소녀들이 주목하자 릴리는 말을 이었다.

"여러분, 진지하게 들어 주세요. 더는 억누를 수 없어요……!"

"갑자기 왜 그래?"

지비아가 어이없어하는 시선을 보냈다. 다른 소녀들은 『또 이상한 말을 하기 시작했다』라는 지친 표정으로 바라보았다.

"상담하고 싶은 일이 있어요……!"

"상담? 장르는?"

"여, 연애예요."

"뭐?"

지비아뿐만 아니라 식당에 있는 다른 소녀들도 눈이 휘둥그레졌다.

릴리는 상관하지 않고 큰 목소리로 선언했다.

"결심했어요. 오늘 밤, 선생님께 제 마음을 전하겠어요……!!"

"""""절대로 하지 마!!"""""

혼신의 태클이 울려 퍼졌다.

◇◇◇

식당에서 혼돈이 생겨나고 있을 때, 2층 복도에서는 다른 이야기가 진행 중이었다.

"그레테, 부탁이 있어."

티아가 파트너를 붙잡았다. 지금 그녀는 행색을 청결하게 정돈하고 머리도 빗어서 평소와 같은 아름다운 외모로 돌아와 있었다.

"……네, 무슨 부탁인가요?"

방 앞에서 그레테가 돌아보았다. 그레테는 좀처럼 용건을 말하지 못하는 티아를 바라보다가 이내 헤아린 것처럼 작게 고개를 끄덕였다.

"……『홍로』 씨의 유언 때문이군요."

"다 꿰뚫어 보고 있구나."

티아는 지친 얼굴로 고개를 끄덕였다.

"나 혼자서는 한계야. 지혜를 빌려줄래?"

두 사람은 그 후 티아의 방으로 이동했다.

며칠 동안 계속 고민한 탓에 갱지 수십 장이 온 방에 흩어져 있었다. 원래는 여러 명품이 진열장에 장식된 어른의 탐미가 느껴지는 방이지만, 지금은 어수선하게 어질러졌고 잉크 냄새가 진동했다.

사실 티아가 혼자 힘으로 해결하고 싶었지만 답을 찾을 수 없었다.

《클라우스는 너를 　　　.》

문장의 공백이 채워지지 않았다.

유언과 함께 동봉되어 있었던 사진이 힌트였지만, 조사해도 어디 있는 건물을 찍었는지 알 수 없어서 추리는 완전히 벽에 부딪친 상태였다.

그레테는 책상에 놓인 사진들을 바라보았다.

"……애초에 티아 씨와 『홍로』 씨는 어떤 관계인가요?"

그렇게 물어보는 것도 무리는 아니었다. 『등불』의 소녀들은 자신의 출신을 별로 이야기하지 않았다.

티아 또한 예외는 아니어서 적극적으로 알리지는 않았었다. 동료들이 아는 것은 예전에 『화염』이 티아를 구했다는 정보뿐이었다.

"그렇지. 너한테는 밝힐게."

티아는 자신의 과거를 털어놓았다.

—7년 전, 티아가 열한 살이었을 때, 신문사 사장의 딸이었던 그녀를 가르가드 제국의 스파이가 유괴한 것. 타국 땅에서 2주 이상 감금당한 것. 죽고 싶다는 생각까지 하며 절망을 맛본 것. 하지만 어느 날, 감옥 밖에서 여성과 소년이 이야기하는 소리가 들린 후, 격렬한 소리가 나더니 붉은 머리 여성이 구출해 줬다는 것. 여성의

뒤에는 참살당한 남자 열 명이 있었고, 한 명의 머리에 쇠지레가 꽂혀 있었다는 것.

구출된 이후로는 열흘간 붉은 머리 여성이 (나중에 『화염』의 보스인 『홍로』라는 걸 알게 되지만) 돌봐 줬다는 것. 다른 동료의 기척은 느껴졌지만 『홍로』가 티아를 챙겨 줬다는 것. 『홍로』는 매일 밤 스파이 이야기를 들려줬고, 티아도 그녀를 동경하게 됐다는 것.

티아와 『홍로』의 만남을 대강 추리면 그러했다.

"어때? 여기까지 들으니 뭔가 알 것 같아?"

"일단 생각할 수 있는 건—."

그레테는 바로 말했다.

"—『화염』이 티아 씨를 구했을 때, 보스도 그 자리에 있었던 것 아닐까요?"

"응, 나도 제일 먼저 그 생각을 떠올렸어."

티아도 몇 번이나 생각했던 내용이었다.

그 유언은 『클라우스는 너를 알고 있다』라는 문장이지 않을까, 하고.

"확실히 나는 그때 감옥 앞에서 여성과 소년이 이야기하는 목소리를 들었어."

당시 클라우스의 나이는 열세 살. 그는 열 살 때 『화염』에 가입한 것 같으니까 시계열에 문제는 없다.

그러나 그렇다면 다른 의문이 생겨난다.

"하지만 선생님 본인이 부정했어. 나와는 만난 적이 없다고."

티아는 한 번 확인한 적이 있었다.

『시체』 임무 직전, 훈련 중에.

—『7년 전, 「화염」이 내 목숨을 구해 줬어. 선생님은 기억 안 나? 제국의 스파이에게 유괴당한 대형 신문사 사장의 외동딸.』

—『……글쎄. 나는 따로 행동하고 있었을지도 몰라.』

티아의 물음을 클라우스는 부정했다. 그라면 잘못 기억하고 있는 것도 아닐 것이다.

'……확실히 묘하게 간격을 두고 대답하긴 했지만.'

떠올리려고 생각에 잠겼던 것일지도 모른다.

그 대답을 듣고 그레테가 말했다.

"두 가지 가능성을 생각할 수 있겠네요. 첫째— 보스와 티아 씨는 당시에 만났지만 어떤 이유가 있어서 그 사실을 숨기고 있다."

"둘째는 「정말로 만나지 않았다」겠네."

어느 쪽이든 의문은 남는다.

만났다면 클라우스는 왜 비밀에 부친 걸까.

안 만났다면 티아와 클라우스를 잇는 인과는 대체 뭘까.

거기까지 도달하고 추리가 막혀 버렸다. 정보가 부족하여 혼자서는 풀 수 없을 것 같았다.

"일단은 그 두 가지 가능성을 하나로 줄이고 싶은데 뭔가 좋은 아이디어 없을까?"

"그러네요. 제가 아는 범위에서는……."

늘 막힘없이 답하던 그레테의 말이 멈췄다.

그레테는 심각한 얼굴로 입가에 손을 올리고서 조용히 눈을 감고 있었다.

"그레테?"

이름을 부르자 그레테가 천천히 눈을 떴다.

"……사실 오늘 어떤 분과 만나기로 했습니다. 그분이라면 보스의 과거를 알지도 모릅니다."

"어? 그런 사람이 있어?!"

귀를 의심했다.

지금까지 소녀들은 클라우스의 과거를 아는 사람을 항상 원했었다. 『클라우스를 쓰러뜨린다』라는 훈련의 성질상 그의 교우 관계나 약점을 알아내고 싶었지만, 누가 그 정보를 가지고 있는지도 알 수 없어서 포기했었다.

그런 천금 같은 정보를 그레테는 왜 숨기고 있었던 걸까.

"가르쳐 줄 가능성은 희박하지만요."

그레테의 목소리에는 적대심 같은 뾰족한 감정이 섞여 있었다.

"—그래도 그분한테서 도망칠 수는 없으니까요."

이어서 말한 그 인물의 이름을 듣고 티아는 경악했다.

식당에서는 여전히 오해가 계속되고 있었다.

"오늘 밤, 선생님께 제 마음을 전하겠어요……!!"

"""""절대로 하지 마!!"""""

릴리의 일생일대의 결심을 다른 소녀들이 맹렬하게 반대했다. 식당에 있는 전원의 거센 반대에 부딪쳐서 릴리는 「네에에에에에에에에에에에?!」 하고 눈을 홉떴다.

그녀는 식탁을 탕 내리쳤다.

"왜죠?!"

"왜, 왜냐고 물어봐도 말이지."

지비아가 말하기 껄끄럽다는 듯 머리를 긁적였다. 어색하게 웃으며 릴리의 눈을 피하고 엉뚱한 방향을 보았다.

"으음, 이야기를 정리할게."

대신 모니카가 차분한 목소리로 말했다.

"너는 클라우스 씨에게 마음을 전하고 싶은 거지?"

"네."

"그리고 그 마음이란 건 연애와 관련된 거고?"

"네. 제 솔직한 마음을 밝힐 생각이에요."

"""""절대로 하지 마!!"""""

"그러니까 왜요!"

재차 네 사람이 철저히 부정해서 릴리가 외쳤다.

다른 사람들이 응원해 주리라고 생각했던 릴리는 고개를 숙이고서 「선생님과 연애할 마음은 없다고 얼른 전해야 하는데요……」 하고 중얼거렸지만, 안타깝게도 그 말은 패닉 상태인 소녀들에게 전달되지 않았고 다른 의미로 받아들여졌다.

"설명을 요구해도 말이지……."

지비아가 곤란한 듯 눈썹을 찌푸렸다.

그녀뿐만 아니라 사라, 에르나, 모니카도 비슷한 표정이었다.

'왜냐하면 보스는 나를 좋아하니까. 고백은 100% 실패한다고.'

'하, 하지만 실패할 테니까 그만두라고는 말할 수 없습니다.'

'말려야 해. 이 타이밍에 벌집을 건드리는 건 너무 위험해.'

'……어라? 혹시 나는 뭔가 착각하고 있나……?'

맞물리지 않는 이야기에 모니카만이 유일하게 의문을 느끼기 시작했다. 명석한 그녀는 다른 소녀들보다 빨리 오해 해소에 가까워졌다.

모니카는 식당 끄트머리에 있는 아네트를 확인했다. 모니카에게 고발문을 보여 준 소녀였다.

아네트는 손으로 입가를 가리고서 생글생글 웃고 있었다.

"나님! 입에 지퍼 잠그고 견학할 거예요!"

명백하게 사태를 즐기고 있었다.

"……."

"——!"

모니카는 의심스럽다는 눈으로 노려보았다. 그리고 아네트가 모니카의 시선을 알아차렸다.
한동안 침묵이 흘렀다.
"……아네트, 잠깐 와 봐."
"나님! 도주합니다!"
도망치는 아네트를 모니카가 쫓아가면서 두 사람은 그대로 이탈했다.
마침내 한 명이 자력으로 오해를 풀었다. 하지만 다른 네 소녀는 그럴 기미가 전혀 보이지 않았다. 그녀들은 『클라우스는 자신에게 반했다』라는 전제로 계속 움직였다.
릴리는 동료들의 제지를 듣지 않고 아우성쳤다.
"좀 도와주세요~ 저, 저는 이런 경험이 없어서 어쩌면 좋을지 모르겠단 말이에요!"
"그, 그렇겠지. 역시 충동을 막을 수는 없어."
릴리의 범상치 않은 열의를 느끼고 다른 소녀들의 태도도 부드러워지기 시작했다.
지비아가 미안하다는 얼굴로 말했다.
"하지만 미안. 이제 너를 어떤 눈으로 봐야 할지 모르겠어."
"그렇게 잘못된 행위인가요?!"
사라가 진지한 얼굴로 주먹을 움켜쥐었다.
"그, 그 전에 저와 릴리 선배의 우정은 영원하다고 맹세해 주셨으면 좋겠습다."
"이해할 수 없는 의식이네요?!"

두 소녀가 진지한 표정으로 말해서 릴리는 곤혹스러워하며 머리를 싸맸다.

"어어…… 제가 몰랐을 뿐이지 마음을 전하는 건 큰일이군요."

"에, 에르나는……."

마지막으로 에르나가 머뭇머뭇 손을 들었다.

"마, 만에 하나 상처 입더라도 괜찮도록 디저트를 준비하는 편이 좋을 것 같아."

"그래, 많이 필요하겠어."

"주, 준비해야죠. 마, 만일에 대비해서……!"

고백이 확실하게 실패하리라고 생각하는 소녀들은 릴리가 고백한 이후에 어떻게 수습할지 생각하기 시작했다.

릴리는 「상처 입는다고요?」 하고 고개를 갸웃했지만 「아아, 확실히 선생님이 상처 입겠네요」 하고 납득했다.

아무튼 디저트를 사러 가자는 이야기가 나와서 소녀들은 외출할 채비를 했다.

생각지 못한 전개에 릴리는 「마, 만반의 준비가 필요한 거군요……!!」 하고 숨을 삼켰다.

"만반의 준비를 해 주세요."

그레테는 그렇게 지시했다.

"위험하니까요."

평소 외출할 때는 절대 휴대하지 않는 권총을 품에 숨기고서 외출하고 두 시간 후, 티아는 어떤 곳에 도착해 있었다. 예전에 온 적이 있는 곳이었다.

—딘 공화국, 수도 행정구.

많은 회사원이 오가는 구역의 한 모퉁이에 『내각부 세계경제연구부』라는 간판이 걸린 시설이 있었다. 평소에 누가 뭘 하는 곳인지 알 수 없는 건물이었다. 사람들은 그 시설에 눈길도 주지 않고 지나쳤다.

하지만 티아는 그 건물의 진짜 모습을 알고 있었다.

—내각부 직속 첩보 기관인 『대외정보실』의 감옥.

국내에서 잡힌 일부 스파이는 이곳의 지하에 유폐된다. 예전에 『시체』라고 명명되고 경계받았던 롤랜드라는 암살자도 수감된 적이 있었다.

조명이 별로 없는 복도에서 티아는 그레테와 함께 사람을 기다렸다.

오늘 석방된다고 미리 전해 들은 상태였다.

티아와 직접 면식이 있지는 않았다. 하지만 존재는 알고 있었다. 세계를 뒤흔든 암살자인 롤랜드의 보좌로서 딘 공화국에 잠복하여, 우베 아펠이라는 정치가 밑에서 일하며 여러 암살을 보조한 여성.

복도 끝에서 대리석 바닥을 밟는 소리가 들려왔다.

이윽고 그 인물이 모습을 드러냈다.

"오랜만이네요, 올리비아 씨……."

“정박아……!!”

『시체』의 애제자이자 면종복배의 잔학한 메이드장— 올리비아 피셔.

긴 금발을 뒤로 묶은, 강직하게 생긴 여성이었다.

하얀 원피스 차림인 그녀는 그레테를 보자마자 달려들어 재빨리 손날로 치려고 했다.

그레테와 올리비아는 숙명의 적이었다.

목숨을 건 싸움 끝에 그레테는 동료의 도움을 받아 올리비아를 구속했다. 올리비아에게 그레테는 당장 죽이고 싶은 상대일 것이다.

“지금 제게 손가락 하나라도 대면—.”

습격당하는 순간에도 그레테는 동요하지 않았다.

“—당신은 다시 감옥에 들어갈 거예요. 긴 고문을 재차 맛보게 되겠죠.”

“……윽!!”

올리비아가 움직임을 멈췄다. 그리고 껄끄러운 듯 뒤돌아 복도를 보았다. 이곳이 딘 공화국의 스파이가 모이는 적지임을 떠올린 것 같았다.

그레테는 담담히 말했다.

“롤랜드 씨가 죽으면서 당신은 위험하지 않다고 판단되었어요. 롤랜드에게 조종당했을 뿐인 꼭두각시— 그렇게 인정받지 못했다면 즉각 사형이었겠죠.”

“그 사람은……!! 그랬던 게……!!”

올리비아가 눈을 부릅뜨고 언성을 높였다.

아무래도 롤랜드가 죽었음을 이미 알고 있는 것 같았다. 그의 죽음은 티아와도 무관하지 않았기에 뭐라 할 말이 없었다.

"……죽이고 싶어."

올리비아가 노기 띤 목소리로 위압했다.

"너도, 다른 사람도 전부 죽여 버릴 거야……!!"

"해볼 건가요……?"

그레테가 도발적으로 중얼거렸다.

평소에는 볼 수 없는 호전적인 태도에 티아는「자, 잠깐만」하고 제지했다. 그러고 보니 올리비아 일이면 그레테는 냉정함을 잃었다.

티아는 두 사람 사이로 들어갔다.

"그, 그만둬. 올리비아 씨. 오랫동안 고문을 받았잖아? 제대로 움직일 수 있는 상태가 아닐 거야."

원피스 아래로 보이는 그녀의 팔은 상당히 말라 있었다. 아마 두 달 이상 고초를 겪으며 식사도 제대로 못 했을 터다.

올리비아는 분한 얼굴로 몸을 물리고서 불만스럽다는 듯 눈을 찡그렸다.

"……무슨 일로 왔어? 날 비웃으려고 왔니?"

"가르쳐 주셨으면 하는 게 있습니다."

그레테가 말했다.

"보스의 과거— 가르가드 제국에 유출됐다는 정보를 가르쳐 주시겠어요?"

"하! 그런 건 너희 나라 심문관한테 전부 불었어."

롤랜드가 죽은 지금, 올리비아는 가르가드 제국에 의리를 지킬 이유가 전혀 없었다.

"……말단인 저희에게는 공유되지 않는 정보인지라."

"알 바 아니야. 너한테 해 줄 얘기는 하나도 없거든?"

"롤랜드 씨는 미타리오에서 죽었습니다."

짜증스레 팔짱을 끼는 올리비아 앞에서 그레테가 뭔가를 꺼냈다.

"롤랜드 씨가 당시 입었던 셔츠의 옷깃입니다. 유일한 유품을 드리겠습니다."

작은 천 조각이었다. 롤랜드가 사망한 직후, 그레테는 옷깃 부근을 단검으로 잘라 냈었다.

올리비아는 숨을 삼키고서 그 단추를 지그시 바라보았다.

"……알았어."

잠시 시간이 흐른 후, 올리비아는 어색하게 고개를 끄덕였다.

그레테의 보기 드문 심술이었다. 원래부터 그녀는 이 유품을 주기 위해 찾아왔을 터다. 올리비아가 자존심 상하지 않도록 그런 걸까.

올리비아는 성가시다는 듯 손을 흔들었다.

"하지만 대단한 정보는 몰라. 내가 롤랜드한테 들은 건, 화톳불과 만나면 즉시 도움을 청하고 절대 싸우지 말라는 게 다야. 그리고 얼굴 사진과 이름 정도."

"그랬군요……. 참고로 이름은……?"

"몇 가지 들었어. 클라우스, 론, 배척, 냉철, 액스, 쓰레기왕……이었던가? 이 이상 해 줄 얘기는 없어."

일방적으로 답한 올리비아는 그레테에게서 뺏듯이 천 조각을 받았다.

그레테가 고맙다고 인사하자 올리비아는 코웃음 치고 건물의 출구를 향해 걸어갔다. 더는 할 얘기 없다고 뒷모습으로 주장하고 있었다.

"……올리비아 씨, 이제 어디로 가시나요?"

"조국으로 돌아가서 성실하게 살 거야. 이제 스파이 세계는 사양이야."

올리비아의 조국은 동방의 나라였던가.

앞으로 소녀들이 들를 예정은 없었다. 다시는 만날 일 없을 것이다.

"그레테."

성큼성큼 출구로 향하던 올리비아가 도중에 발을 멈추고 고개만 돌려서 시선을 보냈다.

"하나 말해 둘게."

"네……."

"인간은 이성에게 사랑받지 않아도 살아갈 수 있어. 그야 남자에게 사랑받으면 편하지만 그게 전부는 아니야. 너는 의존이 심해 보여서 하는 말이야."

힘 있는 눈으로 그레테를 보고 있었다.

두 사람 사이의 갈등을 모르는 티아는 그 조언의 진의를 헤아릴 수 없었다. 다만 음성에서 온화한 울림을 느끼기는 했다.

그레테는 고개를 가로저었다.

“……그렇죠. 그것도 진리겠지만, 저는 받아들일 수 없어요.”
“뭐?”
“『누군가에게 사랑받지 않아도 살아갈 수 있다』…… 그렇게 진심으로 말할 수 있는 건 한 번이라도 사랑받은 적이 있는 사람뿐이에요…….”
그레테는 살포시 미소 지었다.
“올리비아 씨는 분명 사랑받았던 거겠죠…….”
“역시 너와는 상성이 나빠.”
올리비아는 내씹듯이 중얼거리고서 떠났다.
출입구 양옆에 두 여성이 서 있었다. 대외정보실의 공작원일 것이다. 그녀들이 올리비아를 공항으로 데려갈 터다.
시설 앞에 세워진 차에 올리비아가 올라타자 그녀의 모습은 보이지 않게 되었다.
“언젠가 재회할 날이 있을까.”
티아가 중얼거렸다.
“분명 오랜 세월이 걸리겠—.”
“티아 씨.”
그레테가 쓸쓸하게 말했다.
“올리비아 씨의 수명은 기껏해야 반년이라는 것 같아요.”
“뭐?”
“심문팀이 공항에서 어떤 약품을 투여할 거예요. 올리비아 씨는 머지않아 기억이 혼탁해지기 시작할 거고, 현실과 공상을 구별하지 못하게 되며, 이해할 수 없는 헛소리를 늘어놓다가 이내 죽겠죠."

가슴이 철렁 내려앉았다.

—붙잡힌 스파이를 기다리고 있는 것은 빛이라곤 없는 절망이다.

딘 공화국의 방첩책일 것이다. 붙잡은 스파이를 일부러 조국으로 돌려보내서 진위를 알 수 없는 엉망진창 정보를 적국에 퍼뜨린다. 나라를 지키기 위한 수법이었다.

롤랜드의 협력자로서 많은 살인을 방조한 벌일까.

아픔으로 가득한 세계에서 스파이들이 다다르는 말로.

"……본인은 그 사실을 알아?"

"안 가르쳐 주겠죠."

그레테는 기도하듯 가슴 앞에서 주먹을 꽉 움켜쥐었다.

"이번에야말로 정말 작별입니다, 올리비아 씨……."

돌아가는 기차 안, 두 사람은 박스석에 마주 앉았다. 승객은 별로 없었고 약간의 목소리는 잡음에 묻혀서 기밀 정보를 교환하기에 안성맞춤인 공간이었다.

하지만 서로 입을 열기까지 상당한 시간이 필요했다.

티아의 정면에서 그레테가 깊이 한숨을 쉬었다. 꽤 긴장했었던 모양이다. 사실은 두렵기도 했을 것이다. 눈을 감고 가만히 입을 다물고 있었다.

마침내 말을 나누게 된 것은 종점인 항구 도시에 다다르기 직전이었다.

“결국 뭔가 알아냈어?”

그렇게 솔직하게 감상을 전했다.

아쉽지만 올리비아는 많은 정보를 말하지 않았다. 그녀가 롤랜드에게 들은 것은 극히 적었다. 솔직히 맥이 빠졌다.

“티아 씨.”

그레테가 말했다.

“『배척』은 쇠지레를 뜻해요.”

“뭐?”

기억을 떠올렸다.

예전에 티아를 납치했던 남자들은 쇠지레로 참살당했다.

“……역시 보스와 티아 씨는 만났어요. 티아 씨를 납치한 스파이들을 쇠지레로 죽인 사람은 당시의 보스예요…….”

클라우스의 예전 이명—『배척』.

적국의 스파이가 그에게 붙인 이명이라면 납득이 간다. 『담수』라는 코드 네임을 가진 롤랜드가 딘 공화국에서 『시체』라고 불린 것처럼, 자국에서 쓰이는 코드 네임과 적국에서 쓰이는 통칭이 다른 건 스파이 세계에서 상식이었다.

쇠지레를 휘두르는 소년을 적국은 『배척』이라고 부른 게 아닐까.

충분히 생각할 수 있는 발상이었다.

그의 스승인 『거광』 기드는 칼을 무기로 썼었다. 제자인 클라우스도 당시에는 막대 형태의 무기를 썼을지도 모른다.

클라우스는 티아를 구한 현장에 있었다.

"그, 그럼."

사고를 정리하며 말했다.

"왜 선생님은 그 사실을 숨기고 있는 거야? 만난 적 없는 척까지 하면서."

"……."

그레테는 다시 입을 다물었다. 입가에 손을 올리고 평소처럼 생각하는 자세를 취했다.

티아는 숨 쉬기가 힘들어졌다.

두 사람은 반년간 줄곧 친밀한 사이로 지냈다. 연애의 사제 관계로서 협력하고, 같은 정보조에 속한 라이벌로서 절차탁마했다. 미타리오에서는 협력하여 수라장을 극복했다.

그렇기에 알아차리고 말았다. ―그레테가 연기하기 시작했음을.

"그레테."

티아는 물었다.

"뭔가 짚이는 게 있는 거지?"

"……."

"부탁이야. 전부 솔직하게 말해 줘. 분명 이건 『홍로』 씨가 낸 숙제야. 어떤 진실이든 받아들여야 해."

"티아 씨는."

그레테가 시선을 들었다.

"당시를 얼마나 기억하나요?"

생각지 못한 질문이었다.

의도를 알 수 없어서 눈을 깜박였다.

—나는 뭔가를 잊어버렸나?

7년 전 일이니까 확실히 잊어버린 부분도 많을 것이다. 상당히 충격받은 일이어서 세세한 부분까지 기억하느냐고 묻는다면 아니라고 부정할 수밖에 없었다.

"내가 기억하는 건 너한테 말해 준 게 전부야."

고개를 가로저었다.

그레테는 슬픈 얼굴로 울 것처럼 한숨을 쉬더니 가만히 열띤 시선을 보냈다. 역시 그레테의 영리한 지성은 진실에 도달한 것 같았다.

"티아 씨를 돌보는 역할은."

그레테가 말했다.

"『홍로』 씨가 혼자 맡았다고 했죠?"

"그래, 맞아. 어째선지 그 사람만……."

스파이팀의 보스가 직접 티아를 돌봐 줬다. 클라우스를 포함하여 다른 멤버도 있었는데 모습조차 보이지 않았다.

"살해당한 시체는 전부 남성이었고요……?"

"으, 응…… 남자들이 나를 감금해서……."

참살당한 열 명.

그중에 여성의 시체는 없어서 자신을 감금한 사람이 전부 남성이라는 걸 알았다.

"티아 씨."

마지막으로 그레테는 올곧은 눈으로 응시했다.

“어디까지나 추측이라는 걸 전제로 깔고 들어 주세요. 아마 티아 씨는 그때—.”

클라우스는 반파된 릴리의 방에 서 있었다.

이미 릴리의 짐은 치워져서 갈라진 벽과 바닥밖에 없었다. 예전에 『홍로』가 사용했던 방이 새로 바뀌는 게 서운했지만, 잘된 일이라는 마음도 들었다.

—그래, 새로 바뀌는 것이다. 조직도, 사람도.

클라우스가 보스가 되어 그녀의 유지를 이어받는다.

방의 중앙에서 눈을 감았다. 『홍로』와 함께 수행한 임무가 하나 떠올랐다.

7년 전— 클라우스는 『홍로』와 함께 티아를 구했다.

아픔으로 가득한 세계에서 그 소년은 못마땅한 표정을 짓고 있었다.

7년 전— 즉, 당시 열세 살이었던 소년은 지금보다 머리가 짧았고 얼굴에서 앳된 티가 났다. 무거워 보이는 쇠지레를 바닥에 질질 끌고 있었다.

어두운 폐가 안쪽에 작은 문이 있었다.

죽은 듯이 웅크리고 있는 소녀가 문에 난 구멍으로 보였다. 몸이 상당히 지저분했다. 속옷 차림이었다. 드러나 있는 허벅지에는 맞은 듯한 멍이 여럿 있었다. 그 흑발 소녀는 희망을 잃은 것처럼 몸의 힘을 빼고 죽음을 기다리고 있는 것 같았다.

"지독한 짓을 하는구나……."

소녀 옆에 선 『홍로』 페로니카가 중얼거렸다. 괴로운 듯 눈썹을 찌푸리고서, 붙잡혀 있는 소녀를 가만히 바라보았다.

소녀를 탈환하는 것이 『화염』의 임무였다. 가르가드 제국의 스파이들은 공화국 내 대형 언론에 공작을 하고 있었다. 대외정보실이 일제 적발을 시도했으나 일부 스파이를 놓치고 말았다. 자포자기 상태가 된 스파이 잔당은 어떤 신문사 사장의 딸을 유괴했다. 그들은 대외정보실의 방첩 부대를 따돌리고 국외로 도망치는 데 성공했다.

소녀를 탈환하는 게 불가능하다고 판단된 후 움직이기 시작한 것이 『화염』이었다.

소년은 말없이 쇠지레를 치켜들어 문을 파괴하려고 했다.

그걸 페로니카가 제지했다.

"클라우스, 기다려."

"왜……?"

"저 아이에게 네 모습을 보이지 마. 접촉도 금지야. 다른 동료한테도 전해. 전원, 특히 남성은 저 아이 앞에 절대 서지 마."

의도를 알 수 없어서 소년은 고개를 갸웃했다.

페로니카가 엄격한 음성으로 말했다.

"—저 아이, 성폭행당한 흔적이 있어."

아아, 하고 소년은 담담히 받아들였다.

열세 살이었던 그도 그 진의는 올바르게 헤아릴 수 있었다. 이상한 일은 아니었다. 보아하니 유괴당한 소녀는 어리긴 해도 생김새가 아름다웠다. 납치한 남자들이 소녀를 어떻게 다뤘을지는 상상하기 어렵지 않았다.

소년은 바닥에 끌리는 쇠지레를 차올려서 어깨에 걸쳤다.

문 너머에는 가르가드 제국의 스파이가 열 명 있다고 했다.

"클라우스, 잘 들어."

페로니카가 또렷한 목소리로 말했다.

"어떤 인간이든 성장 배경이나 사연은 있어. 아픔으로 가득한 이 세계에서는 말이야."

"……."

"그러니까 그들의 형편이나 출신을 생각해 보는 걸 잊지 마. 이 세계를 원망하는 걸 잊지 마. 그래도 구태여 말할게. —【1분 내로 전부 죽이렴】."

소년은 달려 나갔다.

소녀가 잡혀 있는 방의 정면에 있는 문을 걷어차서 열고 안으로 들어갔다. 정보대로 남자 열 명이 모여서 지도를 펼치고 다음 도주

경로를 모색하고 있는 것 같았다.

"어이! 이 꼬맹이 어디서—!"

소년은 그렇게 외치는 남자의 머리를 단박에 부수고 나머지 아홉 명을 목표로 잡았다. 아직 신체가 완성되지 않은 그는 쇠지레의 중량과 원심력을 살려서 바람 같은 속도로 차례차례 남자들의 급소를 파괴해 나갔다.

남자들의 비명과 쇠지레가 신체를 찌그러뜨리는 소리가 한동안 울려 퍼졌다.

소년이 만드는 참상을 본 자는 그를 『파쇄자(액스)』라고 불렀다. 쇠지레와 한 몸이 되어 유린하는 모습을 본 자는 『배척』이라고 불렀다. 각국의 첩보 기관은 『화염』의 젊은 위협에게 많은 이명을 붙이고 마크했다.

하지만 이번에 소년이 습격하고 1분이 지났을 때는 그의 무용담을 전할 자가 한 사람도 남아 있지 않았다.

그는 마지막 사람의 머리에 주저 없이 쇠지레를 꽂고 품에 있던 열쇠 꾸러미를 뺏었다.

페로니카는 아직 문 앞에 서 있었다.

"분한 일이야."

작은 중얼거림이 들렸다.

그녀에게 비난받을 이유는 전혀 없었다. 『화염』은 임무를 의뢰받고 바로 움직여서 빠르게 달려왔다. 그건 본인도 이해하고 있을 터다.

페로니카는 클라우스에게 열쇠를 받고 말했다.

"저 아이는 고향에 데려다주는 날까지 내가 매일 돌보겠어. 옆에 계속 있어 줘야 해. 저 아이의 눈에 희망의 불이 켜질 때까지."

"……알았어."

과보호라고 느꼈지만, 소년은 아무 말도 하지 않았다.

남자는 모습을 보이지 말라고 했기에 자리를 뜨려고 했다. 1분 1초도 더 폐가에 있고 싶지 않았다. 피비린내가 진동하는데도 여전히 남아 있는 남자 냄새가 불쾌해서 그들이 소녀에게 행한 일이 자연스럽게 연상되었다. 안타까운 마음이 들었다.

"클라우스. 역시 한 가지 더 말해 둘게."

돌아보는 소년에게 페로니카는 다정한 음성으로 말했다.

"——."

소년은 가만히 그녀를 마주 보았다.

온화하게 몸을 감싸는 듯한 말이었다. 그 감각이 묘하게 인상적이라서 그의 마음에 깊이 남았다.

페로니카는 본인이 말한 대로 소녀를 계속 돌봤다.

남성진은 물론 접근시키지 않았고 여성진도 관여시키지 않았다. 거칠고 고약한 게르데나 자기중심적인 하이디에게 멘탈 케어가 가능할 것 같지는 않았다. 조직의 보스가 직접 식사를 나르며 소녀가 잠들 때까지 옆에 있어 줬다.

열흘이 지나자 소녀는 페로니카에게 마음을 연 것 같았다. 소년이 직접 그 모습을 눈으로 확인할 수는 없었지만 페로니카의 표정을 보면 명백했다.

"그 아이, 스파이가 되고 싶다고 했어."

어느 밤, 『화염』의 멤버가 식탁에 둘러앉은 가운데, 페로니카가 기뻐하며 그렇게 말했다. 마치 딸을 자랑하는 것처럼.

"언젠가 나를 뛰어넘는 스파이가 될 거야. 클라우스나 하이디와 마찬가지로."

소년의 눈이 휘둥그레졌다.

페로니카가 이렇게까지 단언하는 일은 드물었다. 이어진 그녀의 말에 따르면 그 아이가 『화염』에 새로 가입하는 것도 충분히 있을 법한 일이었다.

클라우스의 오른쪽에 앉은 재킷 차림의 남자—『거광』 기드가 이마를 짚었다.

"……보스, 이 이상 꼬맹이를 늘리지 말아 줘."

대전 중에 『화염』의 팀원 몇 명이 목숨을 잃으면서 조직의 신진대사가 이루어졌다. 고참인 페로니카, 기드, 게르데를 제외하면 클라우스 13세, 『선혹』 하이디 17세, 『매연』 루카스와 『작골』 빌레 20세로 젊은 멤버가 많았다.

여기에 11세 소녀를 또 한 명 가입시키는 건 현실적이지 않았다.

그렇긴 하지, 하고 페로니카는 아쉬워하며 고개를 끄덕였다.

"하지만 언젠가 우리를 도와주는 강한 스파이가 되어 가입하는 날이 올 거야. 아주 예쁜 마음을 간직하고 있는걸."

즐겁게 미소 짓는 페로니카를 보고 멤버들은 아연한 표정을 지었다.

소년은 보스를 가만히 바라보며 가슴에 새겼다. 한 번 봤을 뿐인 흑발 소녀를. 페로니카가 인정한, 위대한 스파이 꿈나무를.

후에 『몽어』 티아가 될 소녀를 소년은 잊지 않았다.

시선을 알아차린 페로니카가 소년— 클라우스에게 미소 지었다.

그로부터 7년 후, 페로니카는 미타리오에서 목숨을 잃는다.

클라우스가 티아를 데려오리라고 믿고서—.

『홍로』와 함께 수행했던 한 임무를 떠올리고 클라우스는 깊이 한숨을 쉬었다.

그녀가 혼을 맡긴 소녀— 티아는 주로 성희롱 쪽으로 클라우스와 상성이 최악이었지만, 『홍로』가 거기까지 예측했을지는 의문이었다.

하고 싶은 이야기는 산더미 같았다.

'슬픔 자체는 이미 극복했지만—.'

『홍로』의 옛 방에서 클라우스는 아무도 없는 공간을 지그시 바라보았다.

'—욕심을 부리자면 역시 아직 배우고 싶은 게 많았어.'

그렇게 감정 정리를 끝냈다.

그녀가 좋아했던 허브티라도 끓이자 싶어서 그는 방을 떠났다.

그레테가 이야기를 마쳤다.

"……라는 게 저의 추측입니다."

그녀가 지적한 것은— 티아가 성폭행당했을 가능성이었다.

그렇게 추측할 수 있는 요소는 충분히 있었다.

페로니카는 직접 티아를 돌봤다. 다른 팀원인 것 같은 존재가 그곳에 있었는데도 조직의 보스가 직접. 티아가 성폭행당했다고 해석하면 납득이 갔다. 성폭행당한 소녀를 남성보고 보살피라고 시키지는 않을 것이다.

그레테는 가라앉은 목소리로 말하며 티아의 손을 잡았다.

"하지만 물론 이건 그저 추측이라—."

"아냐, 그레테. 아마 정답일 거야. 이보다 더 맞는 답은 없어."

그레테의 추측은 가장 큰 의문을 해결한다.

클라우스가 티아와 만난 사실을 부정한 이유.

—그곳이 **성폭행 현장이었기 때문이다.**

배려였다. 성폭행당한 여성은 일반적으로 그 현장을 다른 사람에게 목격당하고 싶어 하지 않는다. 남성인 클라우스가 현장에 있었다고 밝히지 않은 것은 그 나름의 다정함이었다.

"괜찮아."

티아는 미소 지었다.

"원래부터 내 몸이 깨끗하다고 여기진 않았어. ……그리고 나도 아무 짓도 안 당했을 거라고 생각하진 않았고."

판명된 사실은 또 다른 의문을 해소했다.

—양성 학교에 다닐 때, 티아가 많은 남성과 관계를 가졌던 이유.

덮어쓰기, 라고 불리는 행동이 있다.

성폭행 피해 여성은 남성 공포증을 앓는다고 여겨지기 쉽지만, 반대로 성에 분방해지는 경우도 많았다. 남성과 성 경험을 반복하면서 트라우마를 극복하는 것이다. 마음의 상처가 깊어지는 경우도 있기에 올바른 행동이라고 하기는 어렵지만, 티아가 택한 적응 행동의 일종일 것이다.

결과적으로 그것이 티아를 스파이로서 높은 경지로 이끌었다.

은인이 희망을 보여 준 덕분이었다.

"다시금 느꼈을 뿐이야. 『홍로』 씨가 얼마나 나를 생각해 줬는지."

티아는 눈꼬리에 맺힌 눈물을 닦았다.

"그리고…… 이제는 없다는 현실을……."

마침내 답에 도달했다.

그녀가 남긴 메시지는 다음과 같다. —『클라우스는 너를 구했다』.

티아가 과거와 마주하고, 스파이가 되기로 한 원점을 떠올리게 하는 말이었다.

—세계는 아픔으로 가득하다.

병마와 싸우고 있었다는 그녀는 자신이 곧 죽을 것을 깨닫고 원래부터 클라우스에게 모든 것을 맡기려 했을지도 모른다. 이윽고 『화염』에 도달한 티아가 클라우스와 함께 이 세계를 바꾸기 위해 움직이기를 바랐었다.

"……『홍로』 씨."

티아는 얼굴 앞에서 양손을 꽉 움켜잡고 눈을 감았다.

기차가 감속하기 시작했다. 선로 옆으로 건물이 늘어나면서 티아 위에 드리워지는 그림자도 점점 늘어났다. 해도 저물기 시작한 것 같았다.

"정말로 이 세계에는 괴로운 일이 너무 많아."

"……그러게요."

티아가 중얼거리자 그레테도 습기를 머금은 목소리로 대답하며 고개를 끄덕였다. 헤어진 올리비아를 떠올렸을지도 모른다.

이윽고 기차는 항구 도시에 다다랐다. 본거지인 아지랑이 팰리스가 있는 도시였다.

"일단 돌아가자. 우리의 집으로."

"네. 느긋하게 차라도 마실까요……."

두 사람은 고개를 끄덕이고서 말없이 나아갔다.

가는 길에는 아무런 얘기도 하지 않았다. 서로 생각할 것이 산더미 같았고, 어지럽게 움직이는 감정에 잠겨 있고 싶었다.

역부터 위장용 종교 학교를 지나 두 사람은 아지랑이 팰리스로 돌아왔다.

그리고 현관문을 연 순간, 생각지 못한 인물이 서 있어서 깜짝 놀랐다.

"……."

클라우스가 말문이 막힌 모습으로 홀 쪽을 바라보고 있었다. 그가 경직되는 사태라니 보기 드문 일이었다. 대체 홀에서 무슨 일이 벌어진 걸까.

티아는 「왜 그래?」 하고 물으며 홀을 보았다.

그리고 홀 중앙에 있는 진묘한 존재에게 시선을 빼앗겼다.

많은 케이크를 입에 물고 꼿꼿이 선 채로 기절한 릴리가 있었다.

"대체 무슨 일이 벌어진 거야아아아아아아아아아아아아?!"

티아가 외친 혼신의 태클이 울려 퍼졌다.

릴리가 케이크 범벅이 된 것은 물론 예의 그 오해 때문이었다.

티아와 그레테가 진지한 분위기로 유언을 해독하고 있을 때, 한편에서는 꼬리에 꼬리를 문 오해로 바보들(릴리 일행)의 혼돈이 생겨나 있었다.

『클라우스는 자신을 좋아한다. 팀을 위해 사랑을 거절해야 한다!』라고 결심한 릴리.

『릴리는 클라우스에게 사랑을 고백할 셈이다!』라고 오해한 지비아, 사라, 에르나.

심리전처럼 상대방의 마음을 억측한 일동은 일단 만에 하나 고백으로 상처 입었을 때를 가정하여 거리의 케이크 가게를 닥치는 대로 찾아가서 디저트를 모조리 사들였다.

도중에 릴리가 「이렇게 많이 사들일 필요가 있을까요?!」 하고 의문을 표했으나 다른 소녀들은 진지하게 「이, 일단 준비하는 거지!」 「중요함다! 만일을 위해서도!」 「에르나도 동감이야! 한 군데 더 가자!」 하고 릴리를 붙잡았다.

시간 벌기였다.

지비아, 사라, 에르나는 필사적으로 생각했다.

'크, 어쩌면 좋지! 지금은 조금이라도 시간을 끌 수밖에 없어!'

'으으…… 아직 마음의 준비가……. 누가 좀 도와줬으면 좋겠습다.'

'릴리 언니가 상처받는 모습 같은 건 보고 싶지 않아. 실연은 정해져 있어.'

세 사람은 동시에 생각했다.

"'—왜냐하면 보스는 나한테 반했으니까!!'"

결국 세 사람의 오해는 저녁이 될 때까지 풀리지 않았다. 냉정하게 타이르는 사람도 없어서 세 사람의 의심은 어느새 확신으로 바뀌어 있었다.

하지만 거리의 디저트 가게를 모두 돌자 역시 더는 붙잡을 구실이 없었다. 자연스럽게 아지랑이 팰리스로 돌아와 홀에 다다르고 말았다.

네 사람이 양손 가득 들고 온 케이크 상자를 테이블에 놓자 릴리가 웃었다.

"자, 그럼 슬슬 선생님한테 갈까요."

명랑한 표정이라서 지비아, 사라, 에르나는 가슴이 죄어들었다.

특히 지비아는 그 마음이 한층 더했다. 릴리와 절친처럼 바보짓을 벌이던 사이였다. 줄곧 연애와는 거리가 멀었던 릴리가 처음으로 누군가에게 마음을 고백하고 싶다고 결심했다. 응원할 수 있다면 응원하고 싶었다.

―하지만 클라우스가 사랑하는 사람은 자신이다! (※오해)

잔혹한 운명을 원망하며 지비아는 입술을 다물고 릴리 앞에 섰다.

"릴리. 역시 하지 말자!"

"흐에?"

"지금은 이유를 말할 수 없어. 하지만 부탁할게. 적어도 내일 하자. 일단 오늘 내가 먼저 보스와 얘기할 테니까 그다음에 하면 안 될까?"

지비아의 뜨거운 말을 이어받듯 사라와 에르나도 옆에 섰다.

"제 생각도 그렇습다! 릴리 선배를 보스에게 보낼 수는 없습다!"

"에르나도 똑같아. 에르나는 언니와의 관계를 지키고 싶어……!"

세 소녀가 앞을 가로막았다.

릴리는 깜짝 놀랐다.

'뭐, 뭔가 세 사람의 모습이 이상해요!'

심각한 사정이 있는 것 같았지만 릴리도 물러날 수는 없었다.

릴리는 목청 높여 외쳤다.

"뭔가 사정이 있는 것 같지만 저도 물러날 수 없어요! 『등불』을 지키기 위한 일이에요!"

"고집불통이네!"

지비아도 외쳤다.

"그걸 하지 말라는 거야!"

더는 대화가 불가능하다. 말을 주고받고 전원이 판단했다.

"에잇! 이렇게 된 거, 진짜로 진심인 릴리예요! 힘으로 돌파하겠어요!"

직후, 릴리는 바닥을 세게 박차며 가까이 있던 케이크를 무기로 들고서 세 사람에게 몸통박치기를 먹였다.

티아의 절규를 들으면서 클라우스는 미간을 짚었다.

홀에 크림이 잔뜩 튀어서 달콤한 냄새가 진동했다. 100개 이상의 케이크가 어질러져 카펫과 벽지에 묻어 있었다. 그리고 케이크 범벅이 되어 눈을 까뒤집고 기절한 소녀들의 모습이 그 안에 있었다.

뭐부터 지적하면 좋을지 알 수 없었다.

릴리는 입에 케이크를 가득 넣고서 선 채로 눈을 까뒤집고 기절해 있었다. 지비아는 온몸에 케이크를 묻힌 채로 홀의 문 앞에 쓰러져 정신을 잃은 상태였다. 사라는 양손에 케이크를 안고서 카펫에 쓰러져 있었고, 에르나는 얼굴 전체가 크림으로 덮여 새하얘져 있었다.

격전이 벌어진 건 틀림없었다.

하지만 그 경위가 전혀 상상이 가지 않았다.

—바보들이 또 바보짓을 했다.

일단 모두를 깨워서 나란히 세웠다. 에르나의 얼굴에 묻은 크림만큼은 정성스레 닦아 줬다.

클라우스는 의문스러운 눈으로 소녀들을 보았다.

"으음, 너희…… 무슨 일이 있었던 거야? 아침부터 모습이 이상했는데."

"윽, 그건……."

릴리가 난처한 듯 시선을 떨궜다. 다른 소녀들도 마찬가지로 어색해 보였다.

마침 그때, 모니카가 「……드디어 잡았다」 하고 말하며 밧줄로 꽁꽁 묶은 아네트를 끌고 홀에 나타났다. 아네트는 다리를 대롱거리면서 「나님! 도롱이벌레 같아요!」 하고 신난 모습이었다.

모니카가 클라우스에게 종이 한 장을 내밀었다.

"아마 이 편지 때문일 거야."

""""""앗?!""""""

크림 범벅 소녀들이 외쳤다.

그 종이를 본 티아가 웃었다.

"어머, 내가 쓴 메모네. 깜빡 떨어뜨렸구나."

""""“으에에에에에에에에에엑?!""""”

네 소녀는 오늘 보였던 반응 중에서 가장 놀란 반응을 보였다.

클라우스는 깊이 고개를 끄덕였다.

“오해가 있었던 모양이야. 일단 각자 설명해. 그러면 해결될 거야.”

이리하여 마침내 오해를 푸는 단계에 들어갔다.

릴리부터 순서대로 고발문 같은 메모를 찾은 경위와 그 이후 어떻게 생각하고 행동했는지를 밝혔다. 총괄하니 너무나도 우스꽝스러운 일이었다.

“너희는 정말로 느낌과 기세만으로 행동하는군.”

“아무런 대꾸도 할 수 없네요…….”

클라우스의 지적에 릴리가 시무룩하게 어깨를 떨궜다.

이 일에 관해 클라우스가 할 수 있는 말은 아무것도 없었다. 홀을 더럽히지 말라고 잔소리하는 것 정도였다.

오해가 풀린 소녀들은 오히려 후련하게 웃고 있었다.

그녀들도 줄곧 속앓이를 한 것 같았다.

""“……후후.””

그때 티아와 그레테가 웃음을 터뜨렸다.

릴리가 「응?」 하고 의문스럽게 보는 가운데, 티아는 배를 잡고 웃기 시작했다.

“아하하! 너희 정말 웃겨!! 너무 순진하잖아! 연애에 너무 서툴러서 아주 귀여워! 자의식 과잉으로 엉뚱한 일을 벌이고, 정말로 최고야!”

막혔던 속이 뻥 뚫린 것 같은 쾌활한 웃음이었다. 눈에 눈물이 맺혀 있었다. 진심으로 웃고 있는지 티아는 한동안 몸을 들썩이며 웃음소리를 냈다.

그레테도 입가를 가리고서 「……정말로, 웃겨요…… 후후, 오늘도 멋지네요……」 하고 웃고 있었다. 평소 정숙한 그레테답지 않은 모습이었다.

웃는 두 사람을 보며 다른 소녀들은 아연히 입을 벌렸다.

티아는 필사적으로 숨을 고른 후 릴리를 보았다.

"릴리. 고마워. 네 덕분에 개운해졌어."

"……네?"

"릴리 씨."

그레테도 웃어 줬다.

"……저도 고맙습니다. 우울함이 날아갔어요."

두 사람에게 인사받은 릴리는 크림 범벅인 얼굴로 고개를 갸웃했다. 왜 고마워하는지 모르겠다는 것처럼.

"……."

그리고 클라우스는 그런 소녀들을 가만히 바라보고 있었다.

"클라우스. 역시 한 가지 더 말해 둘게."

7년 전, 티아를 납치한 자들을 몰살한 현장에서 페로니카는 말했다.

남성들의 피를 뒤집어써서 클라우스의 몸은 더러웠다. 이때의 그는 아직 몸을 더럽히지 않고 적을 해치우는 기술을 터득하지 못한 상태였다.

무시무시한 빨간색으로 물든 벽. 피비린내가 진동했고, 부서진 남자들의 신체에서는 무엇인지 판별할 수 없는 액체가 흘러나오고 있었다. 그리고 그 정면에 있는 방에는 희망을 잃고 죽은 듯이 자는 소녀가 있을 터였다.

지옥이라고 말할 수밖에 없는 공간이었다.

하지만 페로니카는 희미하게 웃고 있었다.

"세계에 가득한 아픔이 아무리 커도 굴복하지 마. 완벽한 희망이 어디에도 없듯이 완벽한 절망도 없어. 언제든 세계에 웃음을 만들어 낼 수 있다는 걸 잊지 마."

페로니카는 온화한 미소를 머금은 채 소녀가 유폐된 문을 열었다.

"네가 ——니?"

황급히 떠나는 클라우스의 뒤에서 그녀의 다정한 목소리가 들렸다.

왜 지금 그 과거가 생각났는지 클라우스 자신도 이해할 수 없었다.

다만 릴리의 모습을 봤을 때, 자연스럽게 연상되었다.

—아픔이 가득한 세계에서도 웃음을 잃지 마라.

보스의 가르침이었다.

아픔을 안고 있는 사람은 클라우스뿐만이 아니다. 민낯에 콤플렉스를 가진 그레테처럼, 키워 준 엄마에게 존재 자체를 부정당한 아네트처럼, 유괴당하여 상처 입은 티아처럼, 자신의 비틀린 정신과 자기혐오로 괴로워하는 에르나처럼, 동생들 때문에 가슴에 멍이 든 지비아처럼, 재능의 한계와 다른 사람들과 다르다는 것 때문에 답답해하는 모니카처럼, 인생의 목표조차 찾지 못하는 자신의 미숙함을 고민하는 사라처럼.

고민하고 상처받고, 때로는 누군가를 상처 입히며 살아간다.

그렇기에 웃음을 만들어 내는 릴리의 정신력은 의외로 귀중할지도 모른다.

현관에 들어왔을 때는 표정이 어두웠던 티아와 그레테도 지금은 환한 얼굴이었다.

'……이 팀을 웃게 하는 사람은 릴리군.'

그렇게 인정할 수밖에 없었다.

""""""""""어……?""""""""""

클라우스가 생각에 잠겨 있는데 갑자기 소녀들이 시선을 보냈다. 마치 귀신이라도 본 것처럼 입을 벌리고서 굳어 있었다.

"음? 왜들 그러지?"

그렇게 묻자 릴리가 떨리는 목소리로 말했다.

"바, 방금 선생님, 살짝 웃었어요?"
"글쎄. 최근 웃은 일은 없었던 것 같은데."
자신의 뺨을 만져서 확인했지만 알 수 없었다.
기억하는 것은 딱 한 번—『등불』 재결성을 결정했을 때뿐이다. 『화염』이 괴멸된 이후로 웃는 일은 극단적으로 적어졌다.
클라우스는 작게 손을 흔들었다.
"그보다 얼른 청소에 착수해. 조금 있으면 업자도 올 거야. 새로운 『등불』이 시작되는 거야."
"아니아니, 분명 웃었어요!! 초 레어예요!"
릴리의 말을 따르듯 다른 소녀들도 흥분해서 고개를 끄덕였다. 역시 자신은 웃었던 걸까. 자각이 없는 만큼 기분이 이상했다.
"만약 웃었다면 이유는 하나겠지."
클라우스는 팔짱을 끼고 그렇게 말해 보았다.
"내가 너희를 사랑해서 그런 것 아닐까?"
"그 얘기는 꺼내지 말아 주세요!"
얼굴이 새빨개져서 외치는 릴리를 보고 클라우스는 작게 「—극상이야」 하고 중얼거렸다.

보너스 에피소드

여덟 소녀가 식당에서 점심을 먹고 있을 때, 클라우스가 왔다.

"너희, 희망하는 생일이 있나? 며칠로 하고 싶지?"

"생일이란 게 그렇게 정하는 거였어?"

티아가 태클을 걸었다.

클라우스가 설명하길, 무자이아 합중국에 입국하기 위해 여권을 위조한다고 했다. 지난번에 가르가드 제국에 잠입했을 때는 클라우스가 알아서 준비했지만, 이번에는 일단 원하는 날짜를 듣기로 했다. 의견을 모아서 대외정보실의 조달과에 의뢰한다는 것 같았다.

티아는 얼굴을 찌푸렸다.

"어쩔 수 없다고는 하지만 생일을 멋대로 정하는 건 저항감이 들어. 내 본가에서는 매년 내가 없어도 몰래 축하해 주고 있는 것 같고, 부모님에게 축복받으며 태어난 날인걸. 그래, 진짜 생일과 비슷한 날짜로 할까……."

티아의 부모님은 수도에 있는 대형 신문사의 사장 부부였다. 본인이 희망하여 스파이가 되었기에 가족과의 관계는 양호했다.

티아는 다른 소녀들을 보았다.

"그치? 너희도 그렇게 생각하지?"

다른 멤버들의 표정은 어두웠다.

"제 출생 기록은 전쟁으로 없어졌어요." "애초에 출생 신고를 안 했어." "나님! 기억도 기록도 안 남아 있어요!" "나도 출생 시의 기록은 없어." "……부모와의 관계는 양호하다고 말하기 어려운지라." "나도 마찬가지야." "에, 에르나의 가족은 이미……."

릴리, 지비아, 아네트, 클라우스, 그레테, 모니카, 에르나 순으로 대답했다. 앞쪽 네 명은 생일이 불명이었고, 뒤쪽 세 명은 가족과의 관계에 문제가 있는 것 같았다.

괜한 과거를 들쑤신 듯했다.

"……미안, 내가 틀렸어."

티아가 머리를 숙였고 사라가 쓴웃음을 지었다.

그리하여 정해진 생일은 다음과 같다.

【사라 1월 12일 아네트 3월 15일 모니카 5월 18일
에르나 6월 4일 클라우스 7월 11일 릴리 8월 1일
그레테 9월 7일 티아 11월 16일 지비아 12월 9일】

■작가 후기

오랜만에 뵙습니다. 타케마치입니다.

『스파이 교실』의 두 번째 단편집. 아네트, 티아, 에르나, 릴리, 그리고 퍼스트 시즌을 총정리하는 권이었습니다. 각 이야기에 관해 이것저것 적어 가겠습니다.

「case 아네트」는 「라이트 노벨의 단편 같은 이야기를 쓰자!」 하고 결심하여 완성되었습니다. 지금까지 쓴 단편 중에서 가장 발랄하게 시작하는데…… 아네트라서 불온한 분위기가 더해집니다. 이것도 아네트의 멋진 부분입니다.

「case 티아」. 어째선지 릴리보다 더 얼빠진 모습이 두드러지는 소녀의 이야기입니다. 일단은 평범하게 미인계를 쓸 줄 아는 설정일 텐데. 메인 남성이 클라우스가 아니라 평범한 남학생이었다면 좀 더 야한 묘사가 늘어났을지도 모릅니다. 아무튼 클라우스와의 상성이 나빠요.

「case 에르나」. 개인적으로 단편집 2권에서 가장 마음에 든 단편입니다. 마지막 장면을 그리고 싶어서 적어 내려갔죠. 뭘 시키든 에르나는 귀엽게 마무리해 줍니다. 응.

「case 릴리」. 4권에서 묘사되지 않은 릴리의 미타리오 결전입니다. 템포 문제로 4권에는 적을 수 없었지만 엄청나게 분발했어요. 평소에 까부는 캐릭터가 진지해지는 거 정말 좋아합니다.

「나를 사랑한 스파이 선생님, 우리를 사랑한 스파이」. 이번에 새로 쓴 글입니다. 2권, 3권, 4권의 복선을 이것저것 회수했습니다. 코미디편이 되면 지능 지수가 50 정도 떨어지는 모니카를 좋아합니다. 릴리와 지비아에게 끌려가는 거겠죠. 쇠지레를 휘두르는 소년의 이야기는 언젠가 확실하게 쓰고 싶습니다.

이하 감사 인사입니다. 매번 멋진 일러스트를 그려 주시는 토마리 선생님께 다시금 감사드립니다. 『스파이 교실』은 2021년에만 네 권이 간행되었습니다. 그 모든 권에 훌륭한 일러스트를 그려 주셔서 고맙습니다.

그리고 언제나 twitter로 팬아트를 보내 주시는 분들께도 이 후기에서 감사 인사를 드리고 싶습니다. 투고될 때마다 작가는 상당히 기뻐하고 있습니다. 리트윗을 빠뜨렸다면 가르쳐 주세요. 항상 고맙습니다.

다음 단편집은 『봉황』편입니다. 한층 떠들썩한 엘리트들이 아지랑이 팰리스에 찾아옵니다. 그 전에 7권이 먼저겠지만요. 그럼 이만.

타케마치

스파이 교실 단편집 2
나를 사랑한 스파이 선생

초판 1쇄 발행 2022년 12월 20일

지은이_ Takemachi
일러스트_ Tomari
옮긴이_ 송재희

발행인_ 신현호
편집장_ 김승신
편집진행_ 권세라 · 최혁수 · 김경민 · 최정민
편집디자인_ 양우연
관리 · 영업_ 김민원

펴낸곳_ (주)디앤씨미디어
등록_ 2002년 4월 25일 제20-260호
주소_ 서울시 구로구 디지털로 26길 111 JnK디지털타워 503호
전화_ 02-333-2513(대표)
팩시밀리_ 02-333-2514
이메일_ lnovellove@naver.com
L노벨 공식 카페_ http://cafe.naver.com/lnovel11

ISBN 979-11-278-6634-1 04830
ISBN 979-11-278-6341-8 (세트)

값 10,000원

헬 모드 1~2권

하무오 지음 | 모 일러스트 | 김성래 옮김

"로그아웃 중에도 저절로 레벨이 올라? 이건 쉬운 게임을 넘어 방치 게임이잖냐!"
야마다 켄이치는 절망했다. 열심히 플레이하던 온라인 게임은 서비스 종료.
몇만 시간을 쏟아부어 파고들 가치가 있는 작품은 거의 살아남지 못했다.
"어디 보자……. 끝나지 않는 게임에 당신을 초대합니다, 라고?"
그런 켄이치가 우연히 검색하게 된 타이틀 없는 수수께끼의 온라인 게임.
난이도 설정 화면에서 망설이지 않고
최고 난이도「헬 모드」를 선택했더니 이세계의 농노로 전생해버렸다!
농노 소년「알렌」으로 전생한 그는 미지의 직업「소환사」를 능숙하게 다루며
공략본도 없는 이세계에서 최강으로 향하는 길을 더듬더듬 걸어 나아가는데―.

L BOOKS

모험가가 되고 싶다며 도시로 떠났던 딸이 S랭크가 되었다 1~11권

모지 카키야 지음 | toi8 일러스트 | 김성래 옮김

고향 시골에서 은퇴 모험가 생활을 보내던 벨그리프는
숲에서 주운 소녀를 안젤린이라 이름 붙여서 친딸처럼 키웠다.
벨그리프를 동경하여 도시로 떠나 모험가가 된 안젤린은
길드에서 최고위 《S랭크》까지 올라 분주한 나날을 보낸다.
어느덧 5년이 지나 안젤린은 힙겹게 장기 휴가를 내서
정말 좋아하는 아빠 벨그리프를 만나러 가려 하지만
느닷없이 마물 토벌에 동원된다거나 도적단과 맞닥뜨리며
좀처럼 귀로에 오를 수가 없었다.

"도대체 나는 언제쯤이면 아빠랑 만날 수 있는 거야……!"

따뜻한 이야기와 모험이 가득한 하트풀 판타지!!

전 세계 1위의 서브 캐릭터 육성 일기 ~폐인 플레이어, 이세계를 공략 중!~ 1~4권

사와무라 하루타로 지음 | 마로 일러스트 | 이승원 옮김

일개 온라인 게임에 인생을 걸어 버린 남자, 사토 시치로.
세계 랭킹 1위로 군림하던 그는 이상야릇하게도
자신이 하던 게임과 꼭 닮은 세계로 전생한다.
하지만 그 모습은 전혀 육성해 두지 않았던
창고용 서브 캐릭터 「세컨드」인데?!
세계 1위의 지식을 이용해
초고효율로 경험치 벌이&스킬을 습득하는 세컨드.
얼간이 여기사와 천진난만한 고양이 수인을 동료로 삼아,
팍팍 육성하며 최강 파티를 결성한다!!

그가 동료들과 함께 추구하는 목표는 단 하나—
세계 1위!!

BOOKS

라이트노벨의 새로운 빛! L북스의 신간은 매월 20일에 발매됩니다. http://cafe.naver.com/lnovel11

L BOOKS

거미입니다만, 문제라도? 1~15권

바바 오키나 지음 | 키류 츠카사 일러스트 | 김성래 옮김

분명히 여고생이었을 텐데 정신을 차리고 보니
「나」는 본 적도 없는 곳에서 《거미》라는 괴물로 전생해버렸다?!
어미 거미의 동족 포식을 피해 도망쳤지만 방황 끝에 도착한 곳은 괴물들의 소굴.
독개구리, 왕뱀, 거대 늑대, 심지어 용까지 설치고 다니는 최악의 던전.
힘없는 조그만 거미인 「나」는 이곳에서 무사히 살아갈 수 있을 것인가……?
으악, 되도 않는 소리는 작작 하란 말이야!
나를 이런 상황으로 몰아넣은 놈 누구야! 당장 튀어나와!!

수많은 인터넷 독자들이 응원하는
거미양의 서바이벌 생활, 당당히 개막!

라이트노벨의 새로운 빛! L북스의 신간은 매월 20일에 발매됩니다. http://cafe.naver.com/lnovel11